A Glorious Bastard

Alexander Kopplow

*Bibliografische Information der Deutschen Nationalbibliothek: Die
Deutsche Nationalbibliothek verzeichnet diese Publikation in der
Deutschen Nationalbibliografie; detaillierte bibliografische Daten sind
im Internet über dnb.dnb.de abrufbar.*

Herstellung und Verlag: BoD – Books on Demand, Norderstedt

ISBN 9783757816919

Kapitel 1

Für einen Kampf auf Leben und Tod musste man entsprechend vorbereitet sein. Diese Lektion hatte Rowena bereits mit vier von ihrer Mutter gelernt und seitdem an jedem Tag ihres Lebens beherzigt.

Vorbereitung implizierte nicht nur das Schärfen von Waffen, das Anlegen von Rüstung oder das jahrelange tägliche Training. Genauso wichtig war die mentale Vorbereitung.

Nervosität war normal. Rowena kannte ihre eigenen Stärken und Schwächen, die ihres Gegners jedoch waren ihr weitestgehend fremd. Andererseits wäre sie mit ihren Fähigkeiten ebenfalls eine unbekannte Größe für ihren Widersacher, daher hoffte sie, ihn auf dem falschen Fuß erwischen zu können.

Rowena hatte gelernt, ein Schwert zu halten, noch bevor sie hatte laufen können. Ihre Mutter hatte oft erwähnt, sie sei das Wunderkind der Familie, ganz im Gegensatz zu ihrem Bruder. Und Rowena hatte sich stets bemüht, diesen Ansprüchen zu genügen.

In einer Zeit, in der der Glaube an die Wissenschaft den Glauben an das Göttliche abgelöst hatte, war es für die Tochter einer leibhaftigen Göttin schwer, ihrer Abstammung treu zu bleiben. Heute Nacht jedoch würde sich Rowena einen Platz unter den Göttern verdienen.

Sorgfältig befestigte sie zwei Messer in den dafür vorgesehenen Holstern an ihren Beinen. Eines an der Wade, eines am Oberschenkel. An der Hüfte hing ein Schwert, das ihre Mutter ihr überlassen hatte, einzig und allein zu dem Zweck, den Widersacher der Götter zu töten.

Dutzende Helden waren bereits an dieser Herausforderung gescheitert, doch keiner von ihnen hatte eine Ausbildung wie Rowena genossen. Wenn ihre Mutter es von ihr verlangt hätte, hätte sie es auch mit dem Tod selbst aufgenommen.

Sie hoffte, ihr leuchtend rotes Haar unter der schwarzen Kapuze verbergen zu können. Obwohl die Nacht von den Lichtern der Stadt durchzogen wurde und die Menschen wie die Herren der Welt ohne Furcht vor der Dunkelheit durch die Straßen flanierten, wusste Rowena, in der Menge unterzugehen.

Es hatte eine Zeit gegeben, in der die Menschen die Götter gefürchtet hatten. Opfergaben hatte man ihnen dargebracht, wann immer man es versäumt hatte, ein göttergefälliges Leben zu führen. Wenige hatten die Macht der Götter angezweifelt und diejenigen, die es gewagt hatten, sie dennoch herauszufordern, hatte ein unaussprechliches Schicksal ereilt.

Doch diese Ära war längst vergangen. Jetzt huldigte die Menschheit der Wissenschaft, die sich anmaßte, noch über den Göttern zu stehen, obwohl es so viel gab, was sie nicht erklären konnte. Insgesamt hatte das Göttliche wenig Einfluss auf den Alltag der Menschen.

Als Rowena durch die abendlichen Straßen huschte, sah sie Leute, die in ihre Smartphones vertieft waren, immer auf der Suche nach dem nächsten, oberflächlichen Kick. Rowena, die ihr Leben in den Dienst der Götter alter, längst vergessener Zeiten gestellt hatte, konnte nicht anders, als diese Menschen zu verachten. Sie lebten für nichts und sie würden für nichts sterben. Im Licht der Geschichte war ihre Existenz bedeutungslos für alle außer sie selbst.

Die Fußgängerampel sprang auf Rot und Rowena blieb an der Straßenecke stehen. Ein Mann, dessen Gesicht kaum unter dem verfilzten Bart hervorlugte, torkelte auf sie zu. Der Geruch von Alkohol umwehte ihn, als er zwei Schritte von Rowena entfernt stehenblieb und sie neugierig musterte.

Rowena schaute unter ihrer Kapuze hervor und ihre Blicke trafen sich. Sie legte eine Hand an den unter ihrem Hoodie verborgenen Schwertgriff und nickte dem Obdachlosen knapp zu.

„Geh weiter", sagte sie ruhig. „Das ist besser für uns beide."

Der Mann stieß einen undeutlichen, brabbelnden Laut aus, dann torkelte er weiter, wobei er gerade genug Verstand besaß, nicht bei Rot über die Straße zu laufen.

Die Göttertochter seufzte erleichtert, als die Ampel umsprang und sie sich wieder in Bewegung setzen konnte, immer auf der Fährte ihres Ziels. Sie war nicht hier, um sich mit unbedeutenden Menschen zu streiten. Ihr Ziel war ein viel höheres.

Sie war geschickt worden, um Lysias zu töten. Den Zerstörer. Den Widersacher der Götter.

Ihr Weg führte sie zu einem selbst in der Nacht hell erleuchteten Hochhaus. An der Außenwand hingen Neonbuchstaben, die über die ganze Stadt hinweg zu sehen sein mussten. Dort oben würde sie sich eine Schlacht biblischen Ausmaßes mit ihrem Gegner liefern.

Rowena straffte die Schultern und betrat das Gebäude. An der Information saß ein gut gekleideter, jedoch gelangweilt aussehender junger Mann, der auf seinem Smartphone tippte.

Ohne ihm einen zweiten Blick zu schenken ging Rowena zu den Aufzügen, als gehörte sie hierher. Der Mann sah ihr nach, zögerte jedoch, sie aufzuhalten. Und bevor er sich entscheiden konnte, hatte sich die Aufzugtür bereits hinter Rowena geschlossen.

Sie spürte den Ruck unter ihren Füßen, als der Fahrstuhl sich in Bewegung setzte. Dreißig Stockwerke fuhr sie nach oben, bevor sie ausstieg. Von hier aus ging es zu Fuß weiter.

Zielstrebig folgte sie dem Flur, der um diese Tageszeit bereits dunkel und leer war. In den obersten Stockwerken waren Büroräume für Menschen untergebracht, die sich für sehr wichtig hielten und das der Welt zeigen wollten.

Rowena war absichtlich erst in den Abendstunden hergekommen. Je weniger Unschuldige in dieser Schlacht verletzt werden würden, umso besser. Die Menschen mochten ignorant und verkommen sein, aber einen unnötigen Tod wünschte Rowena ihnen dennoch nicht.

Sie wagte noch nicht, von einem eigenen Platz zwischen den Göttern bei den Sternen zu träumen, aber wenn sie aus dieser Schlacht siegreich hervorgehen sollte, war all dies plötzlich im Bereich des Möglichen.

Sie hatte das Ende des Ganges erreicht, an dem ein Bücherregal stand. Es war fast schon ein Klischee, aber man hatte sie gewarnt, wie sehr Lysias den dramatischen Auftritt liebte. Sie zog zwei bestimmte Bücher zurück und lauschte dem Mechanismus in der Wand, der das Regal zurückklappen ließ, sodass sich eine geheime Treppe öffnete.

Der Menge an Staub nach, die ihr beim Eintreten entgegenschlug, war dieser geheime Aufgang lange nicht mehr benutzt worden. Rowena fragte sich, wann es aus der Mode gekommen war, Neubauten geheime Treppen und Fluchttunnel zu verpassen. Sie fand beides äußerst praktisch.

Die Göttertochter holte tief Luft, um ihren Herzschlag zu beruhigen. Mit jedem Schritt kam sie ihrem Schicksal näher.

Der Hoodie fiel zu Boden, als sie den Aufstieg begann. Ihre Waffen klirrten bei jedem Schritt.

Sie hatte eine Taschenlampe mitgebracht, stellte nun jedoch fest, dass sie diese nicht brauchte. Kleine Notleuchten erhellten ihren Weg zum obersten Stockwerk.

Dann erreichte sie eine schwere Feuerschutztür. Aus dem Raum dahinter war leise Jazzmusik zu hören. Und wenn Rowena die Augen schloss, vernahm sie sogar ungleichmäßige Schritte.

Mit angehaltenem Atem zog sie das Schwert aus der Scheide. Das Gewicht der Waffe beruhigte sie.

Sie öffnete die schwergängige Tür, die genau wie der Eingang hinter einem Regal verborgen war. Der Geruch von Räucherstäbchen stieg ihr in die Nase, als sie in das dunkle, minimalistisch eingerichtete Wohnzimmer trat. Ihre Schritte wurden von einem schweren Teppich gedämpft.

Die Aura von Gefahr war beinahe körperlich spürbar. Mit beiden Händen den Schwertgriff umklammernd schlich Rowena vorwärts, als plötzlich das Deckenlicht aufleuchtete. Wie erstarrt hielt sie inne.

Im Durchgang zwischen Wohnzimmer und Küche erhob sich eine Gestalt. Hörner ragten aus dem deformierten Schädel, ein langer, in einem Widerhaken endender Schweif schlängelte sich über den Boden, als hätte er ein Eigenleben.

Die bizarre Erscheinung vor ihr hatte vage Ähnlichkeit mit einem Menschen, dennoch wäre der Begriff Bestie angemessener gewesen. Als Lysias sprach, entblößte er drei Reihen messerscharfer Zähne, dazu gemacht, jemandes Kehle aufzureißen.

„Du bist mutig, dich hierher vorzuwagen", knurrte er, die in Krallen endenden Finger zu Fäusten geballt.

„Lysias, Widersacher der Götter!", entgegnete Rowena und hoffte, er konnte nicht sehen, wie ihre Finger zitterten. „Ich wurde von meinen Ahnen geschickt, um deiner Existenz ein Ende zu setzen."

Noch bevor sie den Satz hatte beenden können, stürzte Lysias sich auf sie. Seine scharfen Klauen streiften ihre Wange und hinterließen einen brennenden Kratzer darauf. Rowena warf sich zur Seite, rollte sich ab und war sogleich wieder auf den Beinen, um ihrem Angreifer mit einem Ausfall zuvorzukommen.

Die Klinge drang in seine Flanke ein und dunkles, heißes Blut spritzte ihr entgegen. Im nächsten Moment sah Rowena sich mit einem Maul voller Zähne konfrontiert. Mit einem Ruck zog sie das Schwert aus dem Fleisch ihres Gegners und tänzelte rückwärts, Lysias dicht auf den Fersen.

Ihr Puls hämmerte ihr in den Ohren.

Brüllend wie ein Bär setzte Lysias ihr nach. Rowena sprang auf die Couch, um ihm auszuweichen, schwang sich über die Lehne und duckte sich dahinter, als der Kiefer mit einem unheilvollen Geräusch erneut knapp über ihr zuschnappte. Für eine Sekunde sah sie die ungeschützte Kehle direkt über sich, war jedoch nicht schnell genug, sie mit dem Schwert zu treffen, bevor der Schweif der Bestie sie mit der Wucht eines Hammers im Nacken traf.

Mit einem mühseligen Stöhnen rollte Rowena sich erneut ab. Sie wusste nicht, wohin, vor ihren Augen drehte sich alles von der Kraft des Treffers. Sie wusste nur, dass sie Abstand zwischen sich und Lysias bringen musste, bevor dieser erneut zum Angriff übergehen konnte.

In seiner Eile, sie zu erreichen, hatte das Biest den Beistelltisch umgeworfen. Scheppernd zerschellten Gläser, als der Tisch auf ihnen landete, alle anderen Geräusche wurden durch den Teppich erstickt.

Rowena hatte inzwischen den Durchgang erreicht. Sie sah, wie Blut aus der Wunde des Widersachers strömte. Lysias hatte eine Hand darauf gepresst und fixierte sie mit kühlem Blick.

Sofort warf Rowena sich wieder in den Kampf. Sie täuschte eine Finte an, um einem weiteren Treffer des unerwartet starken Schweifs zu entgehen.

Mit einem Kampfschrei warf sie sich auf ihren Gegner. Die Klinge ihres Schwertes grub sich tief in seine Schulter. Der Aufprall ließ sie beide zu Boden gehen.

Lysias verbiss sich in ihrem Arm. Rowena konnte die drei Reihen von Zähnen spüren, die dabei waren, ein Stück Fleisch einfach herauszureißen. Sie ließ das Schwert in seiner Schulter stecken und langte stattdessen nach dem Messer an dem Holster ihres Beines.

Die Kehle des Biests bot keinerlei Widerstand, als sie das Messer hineinrammte. Brüllend und Blut spuckend ließ Lysias von ihr ab. Er wand sich mit einer solchen Kraft unter ihr, dass Rowena ihn nicht festhalten konnte.

Mit aller Kraft presste sie ein Knie gegen seine verwundete Kehle, in der Hoffnung, die Luft könnte ihm ausgehen. Doch stattdessen wurde sie nur wie bei einem Rodeo abgeworfen, während Lysias sich unter Qualen am Boden wand. Ihr Schwert steckte immer noch in seiner Schulter, doch darum schien er sich gar nicht zu kümmern. Für einen Todesstoß brauchte sie es allerdings noch.

Das Blut ihres Feindes bedeckte inzwischen ihre Hände. Atemlos wischte sich Rowena den Schweiß aus dem Gesicht. Ihr Körper zitterte nicht länger, als sie auf die Beine kam, in einer Hand das Messer.

Mit einem dumpfen Knurren setzte Lysias sich auf. Seine kalten Augen fixierten Rowena mit einer Mordlust, die kein wildes Tier empfinden konnte, nur ein Mensch. Eine Hand hatte er auf die blutende Wunde am Hals gepresst, die andere jedoch war noch einsatzfähig. Sein Schweif peitschte auf und ab.

Ganz langsam umrundeten die beiden Kontrahenten einander. Rowena sah sich selbst im Vorteil. Ihr Gegner war verwundet und hatte ihre Kampfstärke bisher offenbar unterschätzt, sonst hätte er sich nicht auf eine direkte Konfrontation mit ihr eingelassen. Jetzt jedoch schien er den Kampfgeist seiner Herausforderin anzuerkennen.

Der nächste Angriff würde über Sieg oder Niederlage entscheiden. Rowena mochte in außerordentlicher körperlicher Verfassung sein, doch auch sie konnte ein Gefecht nicht ewig hinziehen, ohne an Kraft und Schnelligkeit einzubüßen.

Die Gewissheit, dass einer von ihnen innerhalb der nächsten Minuten sterben würde, musste auch Lysias überkommen haben. Anstatt sich wie bisher blind in den Kampf zu stürzen und auf seine Überlegenheit zu vertrauen, verfolgte er Rowena jetzt nur noch mit seinen Blicken.

Ganz langsam hob er die freie Hand und griff nach dem Schwert in seiner Schulter. Kaum dass seine Fingerspitzen den Knauf berührten, stürzte Rowena vor.

Sie zog das zweite versteckte Messer hervor, rammte das erste in seinen Unterarm und griff nach dem Schwert. Als der Schweif wie erwartet auf ihren Kopf zugerast kam, riss sie das verbliebene Messer hoch und hielt es eisern vor sich.

Der Schweif traf es mit einer solchen Wucht, dass die Klinge einmal hindurchgetrieben wurde und auf der anderen Seite wieder heraus kam. Rowena ließ alle Waffen fallen, packte stattdessen ihr Schwert und stieß es mit einem Siegesschrei einmal durch den Kopf ihres Gegners.

Sie hörte, wie Lysias fiel, und spürte, wie sein Blut ihren Körper traf. Schwer atmend taumelte sie zurück, um den letzten Todeszuckungen zu entgehen. Doch als sie sich wieder gesammelt hatte, war Lysias bereits sämtliches Leben entwichen.

Für einige Sekunden lauschte Rowena atemlos der Stille nach dem Kampf. Nur ihr eigenes Keuchen und ihr rasender Herzschlag waren zu hören. Dann erreichte die Erkenntnis, den Sieg über den ewigen Widersacher der Götter davongetragen zu haben, endlich ihr Bewusstsein.

Unter Siegesgeheul riss Rowena ihr Schwert in die Höhe. Sie hatte kaum noch die Kraft, es über ihren Kopf zu heben, jetzt, da ihr Adrenalinpegel zurückging.

Aus dem Augenwinkel bemerkte sie eine Bewegung. Vorsichtig trat sie näher an Lysias' Leiche heran und stieß diese probeweise mit der Schwertspitze an.

Die Mundwinkel des Toten verzogen sich, dann begann er zu lachen. Prustend und lachend rollte sich Lysias auf die Seite und setzte sich auf, um die Messer aus seinem Arm und der Schweifspitze zu ziehen.

Entsetzt wich Rowena zurück. Vor ihren Augen verwandelte sich die eben noch blutig zugerichtete Bestie in einen Mann, der von jedem anderen Menschen auf der Straße nicht zu unterscheiden gewesen wäre. Sämtliches Blut verschwand von einem Moment zum anderen, genau wie die Hörner oder die mörderischen Zähne.

Lysias kicherte noch immer vor sich hin, als er aufstand und sich imaginären Staub aus der Kleidung klopfte. Als er Rowenas Blick bemerkte, wurde sein Lachen nur noch lauter.

„Das hat wirklich Spaß gemacht, findest du nicht?" Er strich sich durch das kurze, schwarze Haar, hielt die Luft an und kicherte dann erneut. „Ich hatte wirklich überlegt, ob ich mein Blut nicht grün färben sollte, damit es noch bestialischer aussieht."

Als hätte Rowena ihn nicht gerade mehrfach durchbohrt, schlenderte Lysias zu dem umgekippten Tisch und richtete ihn auf. Dann schenkte er sich einen Drink ein.

„Ich bin hier, um deiner Existenz ein Ende zu setzen", ahmte er sie nach und schüttelte sich dabei vor Lachen.

„Nichts für ungut, Prinzessin. Im Vergleich zu den Helden, die die Götter mir sonst so schicken, war deine Darbietung wirklich außerordentlich. Aber an deinen rhetorischen Fähigkeiten musst du wirklich noch arbeiten."

Rowena wusste nicht, wie ihr geschah. Eben noch hatte sie gegen ein fürchterliches Monster gekämpft, den Widersacher der Götter, jetzt lachte Lysias sie aus, als hätten die Jahre harten Trainings nichts bedeutet.

„Dein Schwert", sagte Lysias in diesem Moment und deutete auf die Waffe in ihrer Hand. Er hatte aufgehört zu lachen und schmunzelte jetzt nur noch vor sich hin. „Gib es mir."

Mit einem Ruck, der Rowena überraschte, riss sich ihr im Magma eines Vulkans geschmiedetes Schwert aus ihrer Hand und flog quer durch den Raum zur Couch.

Lysias streckte sich, bis seine Schultern knackten.

„Wirklich sehr unterhaltsam. Wie alt bist du? Sechzehn, siebzehn?"

„Neunzehn", stammelte Rowena, die noch immer nicht verstanden hatte, was gerade geschehen war. Sie starrte auf den Blutfleck im Teppich, der mit jeder Sekunde kleiner wurde und dann ganz verschwand. Ganz genau so erging es der Bisswunde an ihrem Arm.

„Immer noch ein Teenager", kommentierte Lysias mit einer wegwerfenden Handbewegung. „Du solltest dir Gedanken um Jungs und deinen Führerschein machen, nicht darum, wie du andere Leute abstechen kannst. Deine Bemühungen in Ehren, aber bis du mir das Wasser reichen kannst, dürften noch ein paar Jahrtausende vergehen. Wenn es so weit ist, darfst du dich gerne wieder melden."

Der Boden tat sich unter Rowena auf. Plötzlich stürzte sie in die Tiefe, ihr Magen überschlug sich und sie kniff in Todesangst die Augen zusammen. Als sie wieder blinzelte, fand sie sich unten vor dem Gebäude wieder.

Kapitel 2

Nachdem Lysias die Wohnung mit einem Wink seiner Hand wieder in Ordnung gebracht hatte, schenkte er sich einen Drink ein und trat an die Fensterfront, um den Ausblick über die nächtliche Stadt zu genießen. Er schmunzelte noch immer in sich hinein. Beim nächsten Mal würde er sich selbst Flügel verpassen, sodass sein für gewöhnlich jugendlicher Herausforderer ihn dramatisch aus dem Fenster werfen konnte.

Als die Götter vor vielen Jahrhunderten angefangen hatten, ihm Helden oder ihre eigenen Kinder zu schicken, um ihn zu töten, hatte Lysias erst verletzt reagiert und einige aus heutiger Sicht unnötige Blutbäder veranstaltet. Aber in den letzten Jahrhunderten war er klüger geworden. Wann immer ihm ein gut ausgebildeter Teenager-Halbgott gegenüberstand, lieferte er sich mit diesem einen dramatischen Kampf, um dessen Ego nicht zu verletzen. Letztendlich entledigte sich Lysias der jungen Helden mit einem Handschlag. Manchmal tötete er sie dabei, meistens jedoch ließ er sie am Leben. Götter konnten furchtbar nachtragend sein, wenn man ihre Kinder tötete.

Sein Blick fiel auf das Schwert der jungen Herausforderin. Es lag noch immer auf der Couch. Die Klinge glänzte im dämmrigen Licht der Wohnung. Kein Tropfen Blut war mehr darauf zu sehen und vom Stahl selbst schien ein kaum merkliches Leuchten auszugehen. Vermutlich eine magische Waffe.

Lysias leerte sein Glas, griff nach dem Schwert und nahm es mit in den angrenzenden Raum. An den Wänden reihten sich Speere, Dreizacke, Schwerter jeglicher

Zeitalter und Kulturen und einige leere Halterungen für zukünftige Waffen. An dieser Wand brachte Lysias seine neueste Errungenschaft an.

Weshalb noch kein Halbgott versucht hatte, ihn zur Abwechslung mal zu erschießen, anstatt immer mit antiquierten Waffen herumzufuchteln, war ihm ein Rätsel. Vermutlich hatte es damit zu tun, wie altmodisch Götter waren.

Im nächsten Moment hatte er die Göttertochter bereits vergessen. Seine Gedanken kreisten nun darum, was er für eine Nacht in den Clubs der Stadt anziehen sollte, und diese Angelegenheit erschien ihm deutlich ernster als ein Kampf gegen eine Halbwüchsige.

Seine Wahl fiel auf ein dunkelgrünes Hemd, das er mit einem Zauber belegt hatte, sodass die Muster sich für den Betrachter zu bewegen schienen. Obwohl es Lysias nicht kümmerte, was die Menschen mit ihren achtzig, neunzig Jahren Lebensspanne von ihm dachten, war es ihm wichtig, gut gekleidet zu sein. Im Laufe der Jahrhunderte hatte es sich stets als nützlich erwiesen, gut gekleidet zu sein, mit Ausnahme der französischen Revolution.

Zu dieser war Lysias leider zu spät gekommen. Es war ein Zeitalter gewesen, in denen Nachrichten sich nur langsam um die Welt verbreiteten, und als es ihn dann endlich nach Frankreich verschlagen hatte, waren die meisten Adligen bereits geköpft worden.

Egal, wie gut Lysias sich kleidete, die Menschen um ihn herum schienen stets unbewusst zu spüren, dass er nicht zu ihnen gehörte. Sie konnten den Finger nicht darauf legen, aber etliche seiner Bekanntschaften ließen sich dazu hinreißen, ihn als außergewöhnlich oder überirdisch zu bezeichnen.

Er erreichte einen Club, in dem man ihn bereits kannte. Seit der Eröffnung vor wenigen Jahren kam er regelmäßig hierher. Er mochte die Atmosphäre und das Klientel, wenn auch nicht die Musik.

Egal, wie viel Vergnügen etwas am Anfang bereiten mochte, wenn man es zu oft wiederholte, wurde es ohne Ausnahme fade. Lysias hatte diese Erfahrung mit allem machen müssen, was er in seinem langen Leben ausprobiert hatte.

Es gab wenig, was er nicht versucht hatte. Handwerklich war er so geschickt wie im Umgang mit Instrumenten, Worten oder Waffen. Drei Jahre hatte er in einem Kloster verbracht und kein Wort gesprochen, um innere Einkehr oder Erleuchtung oder was auch immer zu finden. Für einige Jahrhunderte hatte er sich die Zeit damit vertrieben, Weltreiche aufzubauen, nur um dann zum Feind überzulaufen und diese wieder zu zerstören.

Zahlreiche Völker hatten ihn als Gottkönig verehrt, aber auch das war ihm mit der Zeit langweilig geworden. Das 21. Jahrhundert bot fantastische Möglichkeiten der Ablenkung. Musik, Filme, Videospiele, Pornographie, Fallschirmspringen. Aber nichts davon hatte Lysias' Langeweile für mehr als ein paar Monate vertreiben können.

Er hatte jede Droge ausprobiert, die die Menschheit zu bieten hatte. Zwar stellte das seinen Kopf für eine Weile ruhig, befriedigte den inneren Drang, etwas zu erleben, aber nie.

Lysias bahnte sich den Weg durch die Menge an tanzenden, verschwitzten und alkoholisierten Leibern. Am liebsten hätte er sich einfach fallen lassen und wäre dem Rhythmus der Musik gefolgt, aber so einfach war es nie.

Die gesamte Menschheit schien sich in einem ewigen Kreislauf zu befinden. Zu lang, als dass ein Mensch ihn hätte nachverfolgen können, doch wenn man die Generationen verfolgte, fanden sich doch Muster. Diese Muster zogen sich durch alles, was die Menschen schufen.

Filme und Theaterstücke folgten stets derselben Struktur. Dasselbe galt für Literatur, Kunst und Musik. Und so dauerte es nicht lange, bis Lysias auch dieser Beschäftigung überdrüssig wurde.

Er spielte mit dem Gedanken, sich an der Bar noch einen Drink zu holen, vielleicht mit einigen alleinstehenden Damen zu flirten und eine davon mit nach Hause zu nehmen. Aber diese Aussicht lockte ihn heute Nacht nicht.

Nach weniger als einer Stunde zog er bereits weiter durch die nächtliche Stadt, immer auf der Suche nach etwas, das die tödliche Langeweile vertreiben konnte.

Er ärgerte sich darüber, den Kampf gegen die Göttertochter nicht weiter in die Länge gezogen zu haben. Es brachte sein Blut in Wallung, mit jemandem zu kämpfen, der es wirklich darauf abgesehen hatte, ihn zu vernichten – auch wenn Lysias natürlich niemals wirkliche Gefahr drohte.

Seine Gedanken schienen seine Schritte beeinflusst zu haben, denn ehe er es sich versah, hatte er das Bahnhofsviertel erreicht. Der einzige Ort in dieser sterilen, kindersicheren Welt, in der man noch wirklich den Kitzel der Gefahr verspüren konnte.

Die Menschen in diesen Gebieten hatten ihre Hoffnungen verloren und dem abgeschworen, was saubere, sterile, kindersichere Menschen Rechtschaffenheit nannten. Mit solchen Begriffen konnte Lysias schon lange nichts mehr anfangen. Sich als großer Retter aufzuspielen machte weniger Spaß als Chaos und Unheil über die Welt zu bringen.

Einige junge Männer, deren Sinne und Zukunft von Drogen zerstört worden waren, hockten in den dunkelsten Gassen der Stadt und rauchten. Das Weiße ihrer Augen war von blutigen Adern durchzogen. In dem lächerlichen Versuch, ihr armseliges Revier zu markieren, spuckten sie auf die Straße, als Lysias sich ihnen näherte.

„Guten Abend, die Herren", sagte Lysias mit einem Lächeln, mit dem er für gewöhnlich Frauenherzen zum Schmelzen brachte.

Einer der Männer sagte etwas in einer afrikanischen Sprache, die Lysias nicht beherrschte, zu seinen Freunden. Er war schon immer eher von der europäischen und asiatischen Sprachvielfalt angetan gewesen. Indirekt mochte das wohl damit zusammenhängen, wie schnell er Sonnenbrand bekam. Alle göttliche Macht der Welt hatte ihn vor diesem Übel bisher noch nicht bewahren können.

„Was wollen Sie?", fragte ein anderer Mann mit einem so starken Akzent, dass seine Worte kaum zu verstehen waren. „Wir verkaufen nix."

„Sehe ich aus wie jemand, der sich für so etwas interessiert?", entgegnete Lysias weiterhin lächelnd.

Wieder sprachen die Männer miteinander, wobei sie Lysias feindselige Seitenblicke zuwarfen. Er konnte das Adrenalin in seinen Adern pulsieren spüren. Dieser Kick der Gefahr war der Grund, weshalb er hergekommen war, das einzige, was ihn noch Aufregung spüren ließ.

„Verschwinden Sie", sagte der Mann erneut und bleckte dabei die gelblichen Zähne wie ein bedrohtes Tier.

Lysias rührte sich nicht, provozierte aber auch nicht weiter. Er kostete noch den Kitzel der bevorstehenden Auseinandersetzung aus. Kurz überlegte er, ob er seine Augen rot glühen lassen sollte. Bevor er zu einer Entscheidung hatte kommen können, packten ihn jedoch bereits die beiden Männer, die kein Wort mit ihm gewechselt hatten, und drückten ihn gegen die Wand. Lysias spürte die harte Mauer in seinem Rücken und grinste.

Er musste die Sprache nicht sprechen, um zu verstehen, was die Männer jetzt sagten. Sie hielten ihn für einen Verrückten, vielleicht einen Drogenabhängigen, ganz egal. Sie hatten sich von ihm provozieren lassen und würden jetzt den Preis dafür zahlen.

Der erste Schlag in den Magen traf Lysias unerwartet. Nach Luft schnappend krümmte er sich zusammen, während der Schmerz ihn für eine halbe Sekunde blind werden ließ. Lysias mochte keine Schmerzen, fürchtete sie aber auch nicht. Körperliche Schmerzen waren nur temporär; man hielt sie aus, während sie andauerten, und vergaß sie in der Sekunde, in der sie abflauten.

Mit vereinter Kraft hielten die beiden Männer ihn fest, während der Dritte Lysias direkt ins Gesicht schlug. Erst als seine Knie nachgaben, ließen sie ihn los. In dem Moment, in dem die starken Arme ihn nicht länger fixierten, warf Lysias sich nach vorne und rammte dem Schläger den Kopf in den Magen.

Mit der rechten Hand zielte er auf den ungeschützten Hals des Mannes. Für eine Sekunde wurden seine Finger zu Klauen, doch diese Sekunde reichte, um dem Mann die Kehle aufzuschlitzen. Warmes Blut ergoss sich auf Lysias.

Einer der beiden Männer, die ihn eben noch festgehalten hatten, schien die Lage noch nicht überblickt zu haben, denn er ging zum Angriff über. Einige Sekunden rangen sie miteinander, dann gewann Lysias die Oberhand, indem er sein Knie in die Weichteile seines Gegenübers rammte. Menschen waren langweilige Gegner, ganz besonders dann, wenn sie über keinerlei Kampferfahrung verfügten.

Lysias hatte in den großen Schlachten der Geschichte gekämpft. Er hatte gesehen, wie Männer ohne Beine in Sicherheit krochen oder sich selbst Kugeln und Metallsplitter aus dem Bauch operierten, bevor eine zuverlässige Narkose erfunden worden war.

Der Rausch der Gefahr verflüchtigte sich bereits. Diese Männer konnten Lysias nicht länger den Kitzel bieten, nach dem er sich sehnte.

Mit einer Hand schlug er gegen den Brustkorb seines Gegenübers. Er spürte die Rippen unter der Wucht seines Schlags brechen, während seine eigener Mittelhandknochen gefährlich knackte, der Belastung aber dann doch standhielt. Mit dem zweiten Schlag drang Lysias direkt in den Brustkorb des Mannes ein. Sein Schmerzensschrei ging unter, als seine Lunge sich mit Blut füllte. Lysias erlöste ihn von seinem Leiden, indem er das Herz durchbohrte.

Blut bedeckte seinen Arm bis zum Ellbogen, als Lysias die Hand aus dem Körper des Mannes zog. Der dritte Schläger stand zwei Schritte entfernt in Schockstarre dort, wo er Lysias festgehalten hatte. Ihn zu töten, wäre nicht nötig gewesen, aber Lysias sah nicht ein, inwiefern die Existenz dieses Mannes ihm in Zukunft hätte dienlich sein können. Also brach er das Genick des Schlägers und säuberte sich mit einem Fingerschnippen von dem Blut.

Einzelne Menschenleben bedeuteten im Laufe der Geschichte selten etwas. Lysias verschwendete keine Gedanken mehr an Leute, die er getötet hatte, sofern sie nicht göttlichen Ursprungs waren. Für die Menschheit insgesamt wäre es wahrscheinlich sogar besser gewesen, hätte er noch mehr getötet.

Aber genau wie alles andere verlor auch das Töten von Menschen seinen Reiz, wenn man es zu oft tat.

In Gedanken bereits woanders tauchte Lysias wieder in das Nachtleben ein. Er kam an einer nach Gras riechenden Spielhalle vorbei, dann an einem Stripclub mit abgeklebten Scheiben, aus dem gedämpfte Musik erklang. Ein Geschäftsmann mit einem Rollkoffer eilte an Lysias vorbei, blickte sich verstohlen um und stieß dann die Tür zum Club ein. Dann hatte das verruchte Gebäude ihn verschluckt.

Bei solchen Gelegenheiten fragte Lysias sich, wie sein Leben verlaufen wäre, wenn er heute geboren werden würde. Wahrscheinlich würde er wie dieser schuldbewusst aussehende Geschäftsmann geworden. Er lebte in der großartigsten Zeit, die die Menschheit jemals gesehen hatte, beschäftigte sich aber tagein, tagaus mit kleinen, unbedeutenden Problemen, die sein Leben weniger lebenswert machten. Es war lächerlich, doch Lysias hatte es längst aufgegeben, sich darüber lustig zu machen.

Es war wohl die Unsterblichkeit, die ihm eine gewisse Weisheit gebracht hatte. Im Gegensatz zu den Leuten um sich herum nahm Lysias nichts wirklich ernst, mit Ausnahme seiner Kleidung. Es gab keine Gelegenheit, einen ersten Eindruck nachzuholen, auch wenn Geld im Nachhinein helfen mochte.

Er ließ das Bahnhofsviertel hinter sich. Mit langsamen Schritten schlug er den Rückweg ein. Nichts konnte ihn gerade aufheitern, weder die Aussicht auf Sex oder Drinks oder Videospiele. Er könnte zeichnen, schnitzen, eine Firma aufbauen, ein Land ruinieren, eine neue Religion gründen. Aber all das hatte er bereits getan und es hatte ihm nur kurzzeitige Befriedigung verschafft.

Seufzend ließ Lysias den Kopf in den Nacken fallen und blickte zum Nachthimmel herauf. Trotz der Beleuchtung der Stadt konnte er vereinzelte Sterne ausmachen. Im Weltall war er noch nie gewesen, vielleicht sollte das das Ziel seiner nächsten Unternehmung werden. Doch selbst dieser Gedanke konnte die Langeweile, die ihn jede Sekunde des Tages zu verfolgen schien, nicht lindern.

Nach einer guten Stunde fand er sich in seiner Wohnung wieder und ließ den Blick über die Stadt schweifen.

Der Ausblick war die ersten Monate über atemberaubend gewesen, dann interessant, dann selbstverständlich und irgendwann hatte Lysias nicht mehr darauf geachtet.

Während er den dritten Drink des Abends leerte, sann er darüber nach, ob es irgendeinen Ort auf der Welt gab, den er noch nicht bereist hatte. In Afrika gäbe es sicherlich noch einige versteckte Ecken, aber da war wieder das leidige Sonnenbrand-problem.

Offenbar war der Weltraum wirklich sein einziger Ausweg. Andererseits steckte die Technologie, um dorthin zu gelangen, noch immer in den Kinderschuhen. Genauso, wie es Lysias davor graute, auf dem Meer verschollen zu gehen und wochenlang durchs Wasser treiben zu müssen, fürchtete er, im Weltraum zu verunglücken. Er würde wahrscheinlich nicht sterben, aber stattdessen ziellos durch den luftleeren Raum driften, bis er wahnsinnig wurde.

Missmutig stellte Lysias das Glas weg. Diese Möglichkeit schied also auch aus.

Er seufzte erneut und blickte zu seiner Trophäenwand. Ansonsten gab es nur einen einzigen Ort, den er noch nicht besucht hatte. Und Lysias begann, ernsthaft darüber nachzudenken, ob er wirklich dorthin wollte.

Bedauerlicherweise kannte er die Antwort bereits. Um seine Langeweile zu vertreiben, hätte er inzwischen alles getan.

Kapitel 3

Der Schock saß Reon noch in allen Knochen, als er auf den Eingang des Hochhauses zusteuerte. In Gedanken ging er wieder und wieder alle alternativen Möglichkeiten durch, nur um nicht mit dem Fahrstuhl ins oberste Stockwerk fahren und um Hilfe bitten zu müssen.

Seine ältere Schwester Rowena hatte Reon schon seit frühester Kindheit an überstrahlt. Sie lagen nur ein Jahr auseinander, doch selbst diesen kleinen Abstand hatte Reon niemals aufholen können. Bei jedem Training, bei jeder harten von ihrer göttlichen Mutter erteilten Lektion hatte er als das schlechte Beispiel herhalten müssen, während seine Schwester metaphorisch bis in den Himmel gelobt worden war.

Wenn er so darüber nachdachte, hätte Reon eigentlich jeden Grund gehabt, Rowena zu hassen. Sein Leben hatte er in ihrem Schatten verbracht und jetzt, da sich ihm die Gelegenheit böte, selbst einmal den Ruhm einzuheimsen, hätte es ihm wohl kein Gott übel genommen, hätte er diese Chance ergriffen.

Aber Reon liebte seine Schwester. Als Kind hatte er zu ihr aufgesehen. Während ihrer Jugend konkurrierten sie bis aufs Blut. Nun, da er sich der Reife eines erwachsenen Mannes näherte, akzeptierte er die Überlegenheit seiner älteren Schwester. Im Laufe der Zeit hatte sich zwischen den beiden Geschwistern ein tiefes Vertrauen entwickelt.

Reon betrachtete sich selbst in den spiegelnden Wänden des Fahrstuhls, die dem Benutzer das Gefühl vermitteln sollten, sich in einem weniger kleinen Raum zu befinden, als sie es tatsächlich taten. Sein rotes Haar stand wild in alle Richtungen ab, so oft hatte er es sich in seiner Panik gerauft.

Auch seine Kleidung war mit Schweißflecken überzogen. Besonders auf dem weißen T-Shirt zeichneten sie sich deutlich ab. Die Hosenbeine seiner Jeans waren mit Schlamm bespritzt, genau wie die schweren, schwarzen Stiefel, die er dazu trug. Alles in allem sah er wohl mehr aus wie ein Teenager, der zu lange gefeiert hatte, als wie ein Götterkind, das sich in einer Krise befand.

Im Gegensatz zu seiner Schwester fühlte Reon sich seiner menschlichen Seite stärker verbunden als seiner göttlichen. Er wusste von Halbgöttern, die übermenschlich stark oder schnell waren, die sich unsichtbar machen oder durch Wände gehen konnten. Reon besaß keine dieser Fähigkeiten. Wenn überhaupt, schien seine einzige Besonderheit darin zu bestehen, immer genau eine Minute vor dem Klingeln des Weckers aufzuwachen, sodass er diesen abschalten konnte, ehe er zu lärmen begann. Bisher war Reon mit diesen Superkräften auch ganz zufrieden gewesen.

Der Fahrstuhl fuhr bis ins oberste Stockwerk, ein verlassener Bürokomplex. Als Reon aus dem Aufzug stieg, hatte er sich innerlich bereits darauf vorbereitet, die nächste Stunde mit der Suche nach einer geheimen Tür zu verbringen, doch zu seiner Verwunderung stand diese bereits offen.

Zögernd schob er sich an dem aufgeklappten Bücherregal vorbei, erklomm die Treppe und fand auch den Eingang zur Wohnung offen stehend vor. Er klopfte an den Rahmen, bevor er ins Wohnzimmer trat.

Auf einem braunen Wildledersofa mit geschwungenen Füßen saß ein Mann, dem etwas Überirdisches anhaftete. Das Gel, das sein tiefschwarzes Haar zusammengehalten haben musste, verlor allmählich den Halt, sodass sich einige Strähnen aus der Frisur lösten. Seine Züge hätten feminin gewirkt, hätte sich nicht der Hauch eines Bartschattens auf den Wangen abgezeichnet. Die Haut, die sonst von einer dunkleren Olivfarbe hätte sein müssen, war blass, als hätte der Mann die Sonne schon sehr lange nicht mehr gesehen.

Als Reon eintrat, schwenkte Lysias, Widersacher der Götter, sein Glas. Die braune Flüssigkeit darin schwappte beinahe über den Rand, bevor er den Rand an die Lippen setzte und das Glas in einem Zug leerte.

„Zwei an einem Tag", begrüßte er Reon. „Die Götter trauen einem alten Mann wie mir viel zu. Ob ich mit zwei so jugendlichen Halbgöttern mithalten kann?"

Er lachte über seine eigene schmutzige Andeutung.

„Lysias der Zerstörer?", fragte Reon verunsichert. Er traute sich weder, weiter in den Raum zu treten, noch seine Waffe zu ziehen. „Widersacher der Götter?"

„Ach, nennen die mich immer noch so?", entgegnete Lysias augenrollend. Er deutete mit einer wegwerfenden Handbewegung auf das gegenüberstehende Sofa. „Setz dich, Greenhorn."

Der Mangel an Widerstand, geschweige denn Gefahr beunruhigte Reon. Allerdings konnte er keine offensichtliche Falle wahrnehmen. Daher setzte er sich wie befohlen auf die Kante des Sofas. Seine Beine blieben angespannt, jederzeit bereit, aufzuspringen und zu kämpfen. Oder zu fliehen, je nach Ausgangssituation.

„Du siehst aus, als könntest du einen Drink gebrauchen", sagte Lysias in dieser Sekunde. „Und wenn ich es mir recht überlege, siehst du außerdem zu jung aus, um etwas trinken zu dürfen. Also nur Cola für dich. Oder macht dich der Zucker dann hyperaktiv, sodass du nicht einschlafen kannst?"

Als Lysias sich vorbeugte, um Reon ein Glas Cola zu reichen, dass auf wundersame Weise in seiner Hand erschienen war, wehte dem Göttersohn eine Alkoholfahne entgegen. Ihre Finger berührten sich kurz; Reon hatte erwartet, dass sie kalt wären wie bei einem Reptil, aber zu seiner Verwunderung fühlten sie sich völlig normal an.

Nachdem Lysias sich wieder auf der Couch ausgestreckt hatte, wagte Reon, sich in dem Raum umzusehen. Rund um den gewaltigen, in der Wand montierten Bildschirm reihten sich Bücherregale. Werke in mehr Sprachen, als Reon benennen konnte, fanden sich darin. Sie sahen alle nagelneu aus, nicht ein Körnchen Staub war darauf zu entdecken.

Neben der Couch fand sich ein runder Beistelltisch mit einer Auswahl alkoholischer Getränke in teuren, polierten Glaskaraffen. Stumm dachte Reon, dass Lysias jetzt nur noch eine Katze fehlte, die er streicheln konnte, um das Klischee des Bösewichts abzurunden.

„Also, bist du hier, um mich zu töten? Das hat dieses Mädchen heute schon versucht, aber du kannst gerne nächste Woche wiederkommen und es dann versuchen. Diese Woche geht es nicht, ich habe nämlich für morgen einen Flug in die Karibik gebucht und noch nicht gepackt." Lysias machte eine wegwerfende Handbewegung und sein Glas füllte sich erneut.

Für einen Moment fehlten Reon die Worte. Der Widersacher der Götter war ganz anders, als er ihn sich vorgestellt hatte, anders, als die Götter es ihm erzählt hatten. Eigentlich wirkte er mehr wie ein reicher, von sich selbst eingenommener Playboy als wie ein mächtiger Unsterblicher.

„Ich bin nicht hier, um irgendjemanden zu töten", murmelte Reon, nachdem er seine Sprache wiedergefunden hatte. „Es geht um meine Schwester."

„Also sind die roten Haare nicht gefärbt", unterbrach ihn Lysias mit einem Nicken, das wohl mehr ihm selbst als seinem Besucher galt. „Sonst wäre ich wirklich neidisch gewesen, wie man so eine leuchtende Farbe hinbekommt."

Als er Reons verwirrten Blick bemerkte, winkte er ab, nahm einen weiteren Schluck aus seinem Glas und fragte dann: „Wenn du nicht von deinen Eltern geschickt worden bist, um auf mich einzustechen, was führt dich dann hier?"

„Ich brauche Ihre Hilfe", eröffnete Reon. Sein Magen verknotete sich bei dem Gedanken, einen solchen Mann um Hilfe bitten zu müssen. Und je länger er sich in dieser Wohnung aufhielt, desto weniger erschien es ihm wie eine gute Idee. Er rang mit sich, ob er einfach wieder aufstehen und gehen sollte. Die Cola hatte er sicherheitshalber nicht angerührt.

„Bei deinen Eltern wäre dir mit einem Besuch beim Jugendamt mehr geholfen." Lysias sah ihn nun direkt an, die Stirn abschätzig in Falten gelegt. Seine Augen waren von einem so dunklen Braun, das sie fast schwarz wirkten. „Wobei könnte dir der

Widersacher der Götter schon helfen? Außer dabei, einen besseren Namen für mich zu finden. Da könnte ich dir einige Vorschläge unterbreiten."

Reon entschied, einfach sein Anliegen loszuwerden, ohne auf Lysias' Geplapper zu achten. Wäre er nicht so verzweifelt gewesen, hätte er sich gar nicht erst an diesen Mann gewandt, redete er sich selbst ein, also konnte er es genauso gut jetzt aussprechen.

„Nach Rowenas Niederlage war unsere Mutter sehr wütend. Als Strafe hat sie meine Schwester in die Unterwelt verbannt", erklärte er.

Lysias nickte. Er drehte sein Glas in der Hand, ohne zu trinken.

„Als Lebende in der Unterwelt festzustecken, ist bestimmt nicht sehr angenehm. Aber wenn du deswegen jetzt unter Verlustängsten leidest und einen Seelsorger brauchst, bist du hier trotzdem an der falschen Stelle."

„Ich bin alleine nicht stark genug, um in die Unterwelt hinabzusteigen und sie zu befreien", fuhr Reon fort, wobei er sein Gegenüber nicht aus den Augen ließ. „Aber Sie schon."

„Oho!", lachte Lysias und warf den Kopf in den Nacken. „Du möchtest, dass ich eine Verbannte unter der Nase der Götter hinausschmuggele. Das nenne ich ambitioniert."

Mit einer schwungvollen Bewegung, bei der Reon instinktiv nach seiner Waffe griff, setzte Lysias sich auf. Er begann, in dem Wohnzimmer auf und ab zu laufen, während er laut dachte.

„Man müsste nicht nur einen unbemerkten Weg in die Unterwelt hineinfinden, sondern auch wieder hinaus. Nach unten zu kommen, dürfte sich nicht als allzu schwierig erweisen, viel wichtiger ist der Weg wieder nach oben. Nicht einmal ein Halbgott könnte einfach so der Unterwelt entkommen. Und dann gibt es da natürlich noch Wächter, Götter der Unterwelt und unüberwindliche Flüsse..."

„Genau!", pflichtete Reon ihm bei, erleichtert von dem plötzlichen Enthusiasmus des anderen Mannes. Mit so viel Unterstützung bei so wenig Widerstand hatte er gar nicht gerechnet. „Unsere Mutter wird aufpassen, dass sie nicht zu entkommen versucht. Ich alleine könnte dort unten nichts ausrichten."

„Dafür bräuchten wir entsprechende Waffen." Es klang noch immer, als rede Lysias mit sich selbst. Mit schnellen Schritten ging er aus dem Raum. Reon beeilte sich, ihm ein Zimmer zu folgen, das eine Waffenkammer hätte sein können.

Staunend blickte er sich in der Sammlung um. Kunstvoll verzierte Bögen reihten sich an Dolche, Schwerter, Spieße und Masken, die einmal großen Helden oder wenigstens Götterkindern gehört haben mussten.

„An Waffen mangelt es nicht, wie ich sehe", murmelte Reon. Es juckte ihm in den Fingern, eines der Schwerter von der Wand zu nehmen und zu schwingen wie ein bedeutender Kämpfer vor ihm, als könnte dessen Ruhm allein durch die Waffe auf ihn abfärben.

„Bestens dazu geeignet, ein paar Bestien oder Götter zu töten", pflichtete Lysias ihm bei. „Der verwegene Held steigt in die Unterwelt hinab, rettet die schöne Frau aus den Fängen vielköpfiger Monster und reitet am Ende romantisch mit ihr in den Sonnenuntergang. Das klingt doch wie eine Rolle, die für den Sohn einer Göttin wie gemacht ist."

„Sie ist immer noch meine Schwester", erinnerte Reon ihn.

„Historisch gesehen hat das nicht viele Leute von etwas abgehalten", entgegnete Lysias.

Er nahm einen Dolch aus seiner Sammlung, von dessen Klinge ein leicht grünlicher Schimmer ausging. Es war eine wunderschön gefertigte Waffe, vermutlich mit göttlichem Werkzeug im Feuer eines Vulkans geschmiedet. Sein Leben lang hatte Reon seine Schwester darum beneidet, eine solch edle Waffe besitzen zu dürfen.

Wenn Reon aus dieser Sammlung hätte wählen dürfen, hätte ihn die Entscheidung Tage gekostet. Einige der Waffen mussten hunderte Jahre alt sein, strahlten jedoch wie neu. Furchtbare Ungeheuer hatten Pfeile und Klingen mit Blut getränkt, nicht wenige dieser Waffen besaßen vermutlich sogar geheime, magische Kräfte.

Und doch hatte Lysias jeden Helden, ungeachtet seiner Fähigkeiten und Waffen, besiegen können. So seltsam sein Verhalten Reon auch erschien, der Widersacher der Götter stellte seine beste Chance dar, seine Schwester zu retten.

„Wie war dein Name noch gleich, junger Mann?", fragte Lysias. Er hatte den Dolch eingesteckt, ansonsten aber keine der Waffen angerührt.

„Reon", antwortete dieser.

„Wie Leon nur mit R?" Lysias seufzte theatralisch. „Damit es zum Namen deiner Schwester passt, nehme ich an. Götter sind wirklich furchtbar. Niemand kann seinem Kind einfach einen normalen Namen geben wie Niklas, John, Lisa oder Anna. Es müssen immer irgendwelche ausgefallenen Variationen sein. Oder etwas, was niemand aussprechen kann."

„Was ist mit Lysias?", hielt Reon dagegen, der sich unangebracht angegriffen fühlte.

„Es bedeutet Zerstörer. Also kein Name, den eine Mutter einfach so ihrem Kind geben würde. Haben Sie ihn sich selbst ausgedacht?"

„Alle Namen sind ausgedacht, Greenhorn. Ich hatte so viele davon, dass ich sie unmöglich alle behalten konnte, daher habe ich einen ausgewählt, den ich für mich selbst benutzen würde."

Schwungvoll dreht er sich um sich selbst, sodass es wie eine missglückte Pirouette aussah. Im nächsten Moment schielte Reon auf die Spitze des Dolchs, die knapp zwischen seinen Augen gegen seine Stirn drückte. Der andere Mann hatte die Waffe so schnell gezogen, dass Reon nicht einmal Gelegenheit gehabt hatte, nach seinem eigenen Schwert zu greifen.

„Schlechte Reflexe für ein Götterkind", kommentierte Lysias und steckte den Dolch wieder ein. „Es wird nicht gut für dich aussehen, wenn du in die Unterwelt hinabsteigst."

Reon überzeugte sich selbst davon, dass der Dolch verzaubert sein musste. Ansonsten hätte er ihn kommen sehen. Mühsam verkniff er sich eine bissige Bemerkung.

„Wann brechen wir auf?", fragte er stattdessen.

„Habe ich mit einem Wort erwähnt, dass ich dir helfe, Göttersohn?"

Wie vor den Kopf gestoßen starrte Reon ihn an. Er öffnete den Mund und schloss ihn wieder, ohne ein Wort hervorzubringen.

„Weshalb sollte ich mich den Gefahren der Unterwelt aussetzen, nur um einem Halbgott zu helfen? Das wäre Wahnsinn", fuhr Lysias fort. „Es tut mir leid, aber du musst jetzt gehen. Ich kann dir nicht helfen."

Er hob die Hände und machte winkte Reon hinaus.

„Husch, husch, kleiner Göttersohn. Das Kaffeekränzchen ist vorbei. Die Karibik erwartet mich."

Und mit diesen Worten warf er Reon hinaus.

Kapitel 4

Bis zum Morgengrauen hatte Reon gelauert und darüber nachgedacht, wie er Lysias zur Zusammenarbeit bewegen sollte. Doch mit dem nahenden Sonnenaufgang kam auch die Erschöpfung. Vermutlich würde der Widersacher der Götter ohnehin nicht so früh am Morgen aus dem Gebäude kommen und daher rang Reon ernsthaft mit dem Verlangen, die Observierung abzubrechen, um sich hinzulegen.

Er wusste noch immer nicht, was er sagen konnte, um Lysias umzustimmen. Alles, was er sich gedanklich zusammenspann, überzeugte ihn nicht einmal selbst.

Gähnend reckte Reon die Arme zum Himmel, bis seine Schultern knackten. Er hatte den Eindruck, nach all dem Stress der vergangenen Stunden furchtbar stinken zu müssen, und sehnte sich nach einer Dusche.

Sein Schwert hing schwer an seinem Gürtel, japanischer Stahl, aber nicht von göttlicher Hand geschmiedet. Er hätte es Lysias an die Kehle halten und ihn dazu zwingen können, mit in die Unterwelt zu kommen. Aber diese Methode erschien ihm wenig erfolgversprechend. Entweder würde der Widersacher der Götter ihn auslachen oder Reon bei erster Gelegenheit in einen brennenden Fluss werfen. Reon würde es klüger angehen müssen.

In diesem Moment trat eine Gestalt aus dem Haupteingang. Obwohl die Sonne gerade erst aufgegangen war, trug Lysias eine Sonnenbrille. In einem dramatischen, garantiert absichtlich herbeigeführten Effekt wehte sein langer, schwarzer Mantel um seine Knie.

Reon spannte sich an. Lautlos verließ er sein Versteck auf der gegenüberliegenden Straßenseite, um die Verfolgung aufzunehmen. Der Verkehr nahm nur allmählich zu, doch glücklicherweise ging Lysias zu Fuß, ohne sich nach etwaigen Verfolgern umzusehen.

Der Weg, den der Widersacher der Götter einschlug, bot wenige Gelegenheiten zum Verstecken. So achtete Reon darauf, seine leuchtend roten Haare unter einer Mütze zu verstecken und sich immer abzuwenden, wenn er Lysias nicht gerade im Blick behalten musste.

Ihr morgendlicher Spaziergang führte sie zum Central Park, der um diese Uhrzeit von Hundehaltern und Frühsportlern bevölkert wurde. Lysias schlenderte zwischen den noch verschlafenen Menschen hindurch, ohne ihnen Beachtung zu schenken. Im Gegenteil, instinktiv machten die Leute ihm Platz, sobald sie seinen Weg kreuzten.

Reon ließ sich weiter zurückfallen, doch Lysias schien seinen Verfolger noch immer nicht bemerkt zu haben. Allmählich ließen Reons flatternde Nerven nach. Ihm drohte keine unmittelbare Gefahr und der Spaziergang zog sich immer weiter hin.

Zwangsläufig kehrten seine Gedanken zurück zu der Strategie, die er sich zurechtlegen musste. Da er offenbar nicht an Lysias' Hilfsbereitschaft appellieren konnte, brauchte er ein anderes Mittel. Angesichts der beeindruckenden Sammlung an Waffen und Luxus, könnte vielleicht die Aussicht auf Reichtümer ihn locken. Nicht wenige Götter lagerten ihre Schätze und Heiligtümer in der Unterwelt, jetzt da ihre Tempel in Vergessenheit geraten waren.

Reon nickte, um sich selbst von dieser Idee zu überzeugen und Mut zu machen. Er richtete sich auf und wollte gerade auf Lysias zu gehen, als er mit Entsetzen feststellen musste, dass er den anderen Mann aus den Augen verloren hatte. Hektisch drehte Reon sich um sich selbst, scannte jeden einzelnen Passanten, doch Lysias war nicht darunter.

Vor einer Minute war er ihm noch auf den Fersen gewesen. Lysias konnte nicht weit sein, also sprintete Reon in die Richtung, in die der Widersacher der Götter zuletzt gegangen war.

An der Stelle angekommen, sah Reon sich erneut um. Die Kreuzung teilte sich in vier Wege und natürlich hätte er auch querfeldein über den Rasen gehen können. Reon zwang sich zur Ruhe. Nicht umsonst hatte er eine göttliche Ausbildung durchlaufen. Jemanden aufzuspüren sollte zu seinen leichtesten Übungen gehören.

Er konzentrierte sich, atmete tief durch und machte sich an die Arbeit.

Lysias hatte die ganze Nacht keine Ruhe gefunden. Für zwei Stunden hatte er sich ins Bett gelegt und obwohl der Alkohol seine Nerven beruhigte und die Anstrengungen des Tages ihn niederdrückten, hatte der Schlaf auf sich warten lassen. Kurz vor Sonnenaufgang hatte es ihn wieder auf die Beine getrieben.

Ruhelos war er durch die Wohnung gelaufen, hatte ganz nebenbei geduscht und gefrühstückt, doch es gab nur ein Thema, das seine Gedanken beherrschte. Nicht oft bot sich einem ein Vorwand, einen Ausflug in die Unterwelt zu unternehmen. Näher als der Weltraum war sie allemal, aber auch deutlich gefährlicher.

Der wachsende Glaube der Menschen an die Wissenschaft hatte die Götter in den letzten Jahrhunderten nach und nach vom Antlitz der Erde vertrieben. Wenn die Menschen heute einem Gott begegneten, spürten sie zwar die ungewöhnliche Aura, die ihn umgab, konnten diese Empfindungen jedoch nicht deuten.

Da die Macht – und ganz besonders das Ego – eines Gottes von der Anzahl seiner Verehrer abhängig war, hatten sich die Götter immer weiter von der Erde zurückziehen müssen. Selbst den Himmel, der sonst Göttern und übermenschlichen Kreaturen vorbehalten gewesen war, hatten die Menschen mit ihren Maschinen erobert. Nur die Unterwelt, das Totenreich, die Hölle, das Mu oder wie auch immer man diesen Ort nennen wollte, war ihnen als göttliches Refugium geblieben.

Es war ein Ort der Toten, an dem Seelen in ewiger Existenz darauf warteten, wieder auf die Erde zurückkehren zu dürfen. Man sagte, die Schatten der Toten spürten weder Freude noch Schmerz, sie existierten, aber sie empfanden nicht mehr.

Lysias konnte diese Gerüchte weder widerlegen noch bestätigen, denn die Anzahl an lebenden Helden, die sowohl Abstieg als auch Aufstieg unbeschadet überstanden hatten, war eher begrenzt. Und da die meisten von diesen Leuten an irgendeinem

Punkt versucht hatten, ihn zu töten, war er auf sie auch nicht so gut zu sprechen gewesen, dass er danach hätte fragen können.

Sein Weg führte ihn zu einem mit Stuck verzierten Haus im viktorianischen Stil, das direkt an den Central Park angrenzte. Es war ringsum von einem Zaun mit abschreckenden Stacheln umgeben. Das Tor schwang auf, kaum dass Lysias dagegen getippt hatte, und genauso schnell schloss es sich auch wieder, nachdem er eingetreten war.

Zwei Stufen führten zu der schweren Eingangstür aus dunkel lackiertem Holz. Anstatt die Klingel zu betätigen, hob Lysias den schweren Türklopfer und ließ ihn dreimal gegen das Metall schlagen. Dann lauschte er.

Im Inneren des Hauses waren Schritte zu hören, wie kein Mensch sie je produzieren könnte. Das gleichmäßige Schlagen von vier Hufen auf Parkett wurde lauter, dann öffnete sich die Haustür nach innen. Lysias blickte in die weißen, blinden Augen eines Mannes, der fast so viel erlebt haben musste wie Lysias selbst, sich im Gegensatz zu diesem aber seine Jugend nicht hatte bewahren können.

„Praxion", grüßte Lysias mit einem Lächeln, das der Zentaur nicht sehen konnte. „Es ist lange her. Wie kommt es, dass du New York noch immer nicht leid geworden bist?"

„Lysias", brummte der alte Zentaur. Er trug einen verwaschenen, grünen Pullover, der bis über die Hüfte hing, also die Stelle, an der sein menschlicher Oberkörper in den kräftigen Leib eines ergrauten Pferdes überging.

„Weshalb interessiert dich das plötzlich?", sprach Praxion weiter. „Du kommst immer nur vorbei, wenn du etwas von mir willst. Ich bin nicht so dumm zu glauben, es könnte dieses Mal anders sein."

Trotz des unhöflichen Empfangs ließ der Zentaur seinen Gast eintreten. Die Decken im Inneren des Gebäudes waren hoch, was sie bei ihrem fast zweieinhalb Meter großen Bewohner auch sein mussten, damit dieser sich nicht den Kopf an der Deckenbeleuchtung stieß. Der Boden bestand aus edlem, über die Jahre allerdings von Hufen zerkratzen Parkett.

Lysias war in den Fünfzigern zuletzt hier gewesen. Seit seinem letzten Besuch waren einige Änderungen vorgenommen worden, die größte Neuerung darunter war wohl die gewaltige Hi-Fi Anlage, die jetzt in der Bibliothek untergebracht worden war.

„Es liest sich nicht gut mit blinden Augen", erklärte Praxion, als hätte er Lysias' Gedanken geahnt. „Daher bin ich schon seit längerer Zeit auf Hörbücher umgestiegen."

Mit einem leisen Ächzen ließ sich der Zentaur auf dem dicken Teppich nieder. Aus dieser Position konnte er bequem nach einer Kaffeetasse greifen, die auf einem niedrigen Couchtisch aus Marmor und Metall stand. Insgesamt wirkte die Inneneinrichtung wie ein über die Jahrzehnte entstandenes Sammelsurium aus Möbeln, die mehr oder weniger zueinander passen mochten.

Lysias selbst bevorzugte die schlichte Eleganz des modernen Minimalismus, durchzogen von dem Prunk vergangener Jahrhunderte, dennoch fühlte er sich in der Bibliothek des Zentaurs wohl. In den kalten Wintermonaten brannte im Haus der Kamin, doch der Geruch von gezähmtem Feuer lag ganzjährig über dem Haus.

„Ich würde dir ja etwas zu trinken anbieten, aber du konntest Kaffee ja noch nie etwas abgewinnen, daher werde ich meine teure Röstung nicht an dich verschwenden", krächzte Praxion. „Sag mir lieber, was dich diesmal zu mir führt."

Lysias ließ sich Zeit mit seiner Antwort. Mit dem alten Zentaur verband ihn eine nicht auf Nettigkeiten beruhende Freundschaft, die schon viele Jahrhunderte überdauert hatte. Doch nun drängte sich ihm der Eindruck auf, dass sie sich rasch ihrem Ende näherte.

Praxions Gesicht wirkte ausgezehrt, sein Körper fragil. Bald würde auch er wieder zu den Göttern gehen. Lysias mochte nicht darüber nachdenken.

„Rein hypothetisch gesprochen", begann Lysias schließlich, „wie würdest du in die Unterwelt gelangen, um eine dorthin verbannte Halbgöttin zu befreien, ohne dabei von einem Gott bemerkt zu werden?"

Der Zentaur schnaubte halb belustigt, halb abfällig. Es gab animalische Angewohnheiten, die diese Halbwesen wohl niemals ablegten.

„Rein hypothetisch gesprochen?", hakte er mit einem wissenden Lächeln nach.

„Rein hypothetisch", bestätigte Lysias sofort.

Er wartete, während Praxion nachdenklich den Kopf zur Seite neigte und einen Schluck aus seiner Tasse nahm.

„Zugänge in die Unterwelt gibt es viele, auch für Lebende", sagte er schließlich. „Auch sich in der Unterwelt zu bewegen, sollte sich mit deinen Fähigkeiten als nicht allzu schwierig erweisen. Viel schwieriger wird es jedoch sein, wieder nach oben zu kommen. Die Götter der Unterwelt sind nicht dafür bekannt, viele Leute gehen zu lassen."

„Aber ein gewiefter, erfahrener Mann wie du kennt doch sicherlich die ein oder andere Methode, dem Zorn besagter Götter aus dem Weg zu gehen?", wollte Lysias wissen.

„Ein bedeutender, von den Göttern geliebter Held zu sein, hat sich als ganz nützlich erwiesen", erwiderte Praxion kühl.

„Ich bin weder das eine, noch das andere, wie du weißt."

„Dann rechne ich dir keine guten Chancen aus", wieherte der Zentaur.

Ein Grinsen huschte über Lysias' Gesicht.

„Aber du denkst, es gäbe eine Chance, dass ich heil wieder zurückkomme."

„Keine gute", wiederholte Praxion, als spräche er mit einem bockigen Kind.

„Du kennst mich", beharrte Lysias mit einem ungebrochen selbstsicheren Lächeln, von dem er wusste, dass wenige Leute ihm widerstehen konnten. „Was unmöglich schien, habe ich bereits vollbracht."

„Ja, hier oben auf der Erde, wo die Macht der Götter von der Anzahl ihrer menschlichen Anhänger abhängig ist. Aber dort unten herrschten sie immer und werden sie immer herrschen, ganz egal, was aus der Erde geworden sein mag." Der alte Zentaur seufzte. „Ich kann dir weiterhin nur davon abraten."

„Denk daran, wir sprechen hier nur rein hypothetisch." Lysias merkte, wie die Ungeduld sich in ihm breit machte. Er war es nicht mehr gewöhnt, dass Leute ihm nicht sofort gaben, wonach er verlangte. „Wie könnte ich in die Unterwelt gelangen?"

Praxion stieß einen weiteren, diesmal künstlich in die Länge gezogenen Seufzer aus, nahm einen Schluck aus seiner Kaffeetasse und antwortete schließlich: „Solltest du wirklich den Entschluss gefasst haben, dich in göttliches Territorium zu wagen-"

„Rein hypothetisch", erinnerte Lysias ihn.

„Rein hypothetisch könnte ich dir Zugang zur Unterwelt verschaffen. Aber ich kann dir nicht dabei helfen, ihr wieder zu entkommen. Dazu habe ich weder die Macht, noch die Befugnis, noch den Willen. Du magst dich vor langer Zeit von den Göttern abgewandt haben, ich halte sie jedoch bis heute in Ehren, trotz allem, was geschehen ist."

So schwer es Lysias auch fiel, er akzeptierte die Einstellung seines alten Freundes. Für Praxion war der Hass auf die Götter nichts Persönliches. Er konnte es sich erlauben, unparteiisch zu bleiben.

„Danke", sagte er schließlich, als ihm bewusst wurde, dass Praxion nicht weiterzusprechen gedachte. „Wenn ich das nächste Mal hier bin, bringe ich dir ein paar Hörbücher mit."

„Denkst du, ich kann mir meine Hörbücher nicht selbst kaufen?", schnaubte der Zentaur.

„Ich denke, es ist schwierig, durch die Straßen des New York des 21. Jahrhunderts zu schlendern, wenn man erstens blind ist und zweitens vier Hufe hat. Kann mir nicht vorstellen, dass so viele Malls dich überhaupt reinlassen. Nicht, dass du noch Pferdeäpfel auf der Fußmatte hinterlässt."

Für einen Moment tat Praxion so, als hätten Lysias' Worte ihn beleidigt, dann stieß er ein wieherndes Lachen aus, wobei er sich auf die Schenkel klopfte. Seine Pferdeschenkel, wohlgemerkt. Lysias grinste und wartete, bis der Ausbruch vorüber war.

Verschwörerisch beugte Praxion sich vor und murmelte einige Worte in einer Sprache, an die sich heute kein Mensch mehr erinnern konnte. Sie mochten gut und gerne die letzten lebenden Personen sein, die diese Worte überhaupt auszusprechen vermochten.

Nachdem der Zentaur geendet hatte, lehnte Lysias sich zurück. Er streckte die Arme über den Kopf, bis seine Schultern knackten, ließ auch die Hände kreisen und schnippte dann mit den Fingern. Die Tür, die die Wärme in der Bibliothek halten sollte, verschwand von einer Sekunde zur anderen. Der rothaarige Göttersohn – Reon – der an der Tür gelauscht hatte, stolperte mit einem überraschten Laut in den Raum.

„Unangekündigter Besuch?", fragte Praxion mit einer Sorge in der Stimme, die Lysias beleidigte. Als würde er potentielle Gefahren zum Haus seines ältesten Freundes führen.

„Nur ein neugieriger Halbgott, der mir seit heute Morgen folgt", entgegnete Lysias. Inzwischen hatte Reon sich wieder gefangen. Seine Wangen glühten beinahe so rot wie seine Haare.

„Ihr wusstest, dass ich Euch gefolgt bin?"

„Du bist schwer zu übersehen." Lysias erhob sich, wobei er sich einen kleinen Freudenhüpfer nicht verkneifen konnte. Seine Langeweile hatte sich endlich wie ein schwerer Schleier von seinen Augen gehoben, sodass er wieder klar alle Farben sehen konnte, die das Leben zu bieten hatte.

„Wir gehen in die Unterwelt", verkündete er. „Ich hoffe, du hast deine Waffen mitgebracht. Selbst für Halbgötter soll es dort unten gefährlich sein, habe ich gehört."

„In die Unterwelt?", wiederholte Reon und sah sich um, als erwarte er, Lysias spräche zu jemand anderem. „Jetzt gleich?"

„Natürlich nicht!" Lysias war im Türrahmen stehen geblieben und deutete an sich hinab. „Oder sieht das hier für dich wie ein Outfit aus, mit dem ich in die Unterwelt hinabsteigen würde?"

Der Göttersohn zuckte mit den Schultern. Eine Hand ruhte locker am Griff seines Schwertes, doch selbst er schien zu der Erkenntnis gelangt zu sein, dass Praxion keine unmittelbare Gefahr darstellte.

„Die Antwort lautet Nein", klärte Lysias ihn mit einem Augenrollen auf. „Zuerst gehen wir bei meiner Wohnung vorbei. Wenn wir schon zur Hölle fahren, dann mit Stil."

Kapitel 5

Lysias brachte häufiger Fremde mit in sein Apartment, aber selten trugen diese Schwerter oder hatten gerade erst ihr klägliches Dasein als Minderjährige hinter sich gelassen. Es fühlte sich merkwürdig an, den Göttersohn verloren in der Türschwelle stehen zu sehen, während Lysias versuchte, sich für ein Outfit zu entscheiden, in dem er die Götter der Unterwelt herausfordern könnte.

Sein begehbarer Kleiderschrank hatte im Laufe der letzten fünfzig Jahre nicht weniger als neunmal erweitert werden müssen. Industrielle Kleidungsproduktion war ein Segen, den er nie wieder missen wollte. In manchen Momenten trauerte Lysias um sein vergangenes Selbst, das sich all diese Jahrhunderte lang mit kratzender, unbequemer Kleidung aus Schafswolle hatte zufriedengeben müssen.

„Mach dir ruhig einen Drink", sagte er zu Reon. Als dieser skeptisch die Augenbrauen hob, fügte Lysias hinzu: „Ansonsten steht im Kühlschrank bestimmt auch noch Milch."

Eine weitere Sekunde starrte der Göttersohn ihn verdutzt an, dann nickte er und verzog sich mit einem leisen Murmeln aus dem Raum, sodass Lysias sich umziehen konnte.

Natürlich hätte er seine Kleidung mit Magie wechseln können, aber der physische Akt des Umziehens, nur um sich danach im Spiegel bewundern zu können, bereitete ihm eine primitive Art von Freude. Lysias wechselte seinen persönlichen Stil so oft wie seine Unterwäsche. An einem Tag mochte er im maßgeschneiderten Anzug unterwegs sein, am selben Abend dann wie ein Holzfäller und um Mitternacht hätte er zu einem Kimono wechseln können.

Für einen Ausflug in die Unterwelt jedoch musste es elegant und gleichzeitig praktisch sein. Blutflecken würde er nicht vermeiden können, also keine hellen Farben.

Er entschied sich für ein Outfit, das an den Armystil angelehnt war. Die tarnfarbenen Cargohosen hingen weit und unförmig um seine schmalen Beine. Sich selbst im Spiegel betrachtend wandelte Lysias sein Äußeres, bis ihm ein blondes, bärtiges Gesicht aus dem Spiegel entgegenblickte.

„Wow!"

Lysias fuhr herum. Er hatte nicht gehört, wie Reon sich genähert hatte; der Göttersohn bewegte sich immer so verdammt leise.

„Du bist ein Gestaltwandler?", wollte er junge Mann sofort wissen.

„Offensichtlich", entgegnete Lysias, während seine Gesichtszüge wieder vertrautere Ausmaße annahmen. Nur zum Spaß ließ er sich Hörner wachsen.

Reon lachte auf. Mit einem Schritt hatte er den Abstand zwischen ihnen überwunden und berührte Lysias' Hörner ohne Scheu. Lysias grinste, wobei er einen Mund mit drei Reihen spitzer Reißzähne entblößte. Wie erwartet zuckte Reon zurück, merkte dann jedoch, dass er einem Scherz aufgesessen war, und verzog gespielt beschämt den Mund.

„Welches ist deine wahre Gestalt?", wollte er wissen.

Schwungvoll wandte Lysias sich wieder dem Spiegel zu. Es gefiel ihm, mit den ureigenen Ängsten des Menschen zu spielen, tief verborgen in Genen, die Jahrtausende überdauert hatten.

„Was immer ich will, das sie ist", entgegnete er knapp. Es ärgerte ihn, dass er sich schämte, sich vor dem Götterkind umzuziehen. Nun wechselte er durch seine Kleidung mit flinken Bewegungen seiner Finger wie bei einer virtuellen Anziehpuppe.

„Bist du ein Mensch?" Reon sah sich im Ankleidezimmer um, entdeckte einen Schemel, auf dem Lysias üblicherweise Schuhe anprobierte, und ließ sich kurzerhand darauf nieder.

„Was erzählen sich denn deine Verwandten, was ich sein könnte?" Auf Reons fragenden Blick hin fügte Lysias erklärend hinzu: „Du weißt schon – die Götter."

Der Göttersohn hob die Schultern. Wenn er nicht hochkonzentriert jemandes Fährte verfolgte, wirkte er jünger, eigentlich wie ein ganz normaler Teenager.

„Ich habe eigentlich nicht viel Kontakt zu anderen Göttern, das macht im Grunde alles meine Schwester."

„Du verpasst nicht viel, daher werde ich darauf verzichten, dir mein Beileid auszusprechen."

Reon schmunzelte bei dieser Antwort.

„Sie sagen, du hättest sie belogen und hinters Licht geführt, um an ihre Kräfte zu kommen. Aber die Geschichten sind alle so unterschiedlich, dass keiner so genau weiß, was wirklich passiert ist. Einige sagen, du wärst selbst ein Gott, oder ein böser Geist, manchmal sogar ein Dämon."

Mit einem abfälligen Schnauben wandte Lysias sich ab. Es passte zu den Göttern, solche Geschichten zu erfinden, nur um sich selbst besser dastehen zu lassen.

„Du solltest nicht immer auf alles hören, was die Götter so von sich geben. Die schlimmsten Geschichten verschweigen sie dir ohnehin alle."

„Du hast meine Frage nicht beantwortet", erwiderte Reon, der sich ein Stück vorgebeugt hatte und Lysias nun forschend von unten her ansah.

„Ich bin ein Mensch", gab Lysias freimütig zu. „Einer der ersten, die unter den Göttern auf dieser Erde gewandelt sind."

„Wie ist es dir gelungen, die Götter zu überlisten?" Es lag ein Schalk in Reons Stimme, der Lysias freute.

„Ich musste sie nicht überlisten; sie haben mir ihre Kräfte freiwillig anvertraut." Inzwischen hatte Lysias sich für ein Outfit entschieden, abgerundet durch eine große, silberne Gürtelschnalle. „Damals bedrohte ein furchtbares Monster die Erde - Behemoth. Es war so furchteinflößend, dass selbst die Götter sich vor ihm fürchteten, daher wälzten sie die undankbare Aufgabe, es zu töten, auf jemand anderen ab."

Er machte eine dramatische Pause und als Reon nicht sofort reagierte, deutete Lysias mit beiden Händen auf sich selbst.

„Zu diesem Zweck schenkten alle Götter, die damals über die Erde herrschten, mir eine ihrer Gaben. Sie rechneten nicht damit, dass ich den Kampf gegen Behemoth überleben könnte, daher zeigten sie sich sehr großzügig.“

„Aber du hast überlebt.“

„Offensichtlich. Und nachdem ich ihnen den Kopf des Ungeheuers vorgesetzt hatte, ging ich meiner Wege. Diese Wege führten mich nicht gerade zu einem gottgefälligen Leben und schon bald wurden da oben Stimmen laut, man solle mich eliminieren. Bedauerlicherweise hatte ich da schon das größte Biest getötet, das vom Universum jemals hervorgebracht worden war. Kein Gott konnte mich aufhalten, selbst mit all seiner Kraft und all seinen göttlichen Waffen nicht.“

„Du hast einen Gott getötet?“ Der Unglauben in Reons Stimme kränkte Lysias beinahe ein wenig.

„Mehr als einen. Weit mehr als einen“, stellte er daher richtig.

„Oh“, sagte Reon und dann noch einmal: „Wow.“

Fast ein bisschen geschmeichelt von der offensichtlichen Bewunderung des jungen Mannes zuckte Lysias mit den Schultern, als wäre es ihm gleichgültig, dabei ließ er Reon jedoch nicht aus den Augen.

„So schwierig war es gar nicht“, kommentierte er beiläufig. „Einen Bären mit bloßen Händen zu töten war schwieriger.“

Reon lachte auf und das Geräusch schien den ganzen Raum auszufüllen. Lysias konnte nicht anders, als ebenfalls zu lächeln. Doch, im Grunde fand er es ganz angenehm, sich in der Gesellschaft des Göttersohns zu befinden.

„Die Geschichte musst du mir erzählen“, sagte er in einem neckenden Tonfall.

„Sollten wir es heil aus der Unterwelt schaffen, werde ich das“, versprach Lysias. Er sah zu, wie sich seine Stiefel von selbst schnürten. Endlich zufrieden mit seinem Outfit winkte er den Göttersohn zu sich.

„Du hast ein Schwert, nehme ich an." Er nickte zu dem Griff an Reons Gürtel. „Ist es stark genug, um notfalls den Schädel eines Gottes spalten zu können?"

Daraufhin zögerte der junge Mann. Dass die Möglichkeit bestand, sich im direkten Zweikampf mit einem leibhaftigen Gott wiederzufinden, war ihm offenbar noch nicht durch den Kopf gegangen.

„Eher nicht", gestand er schließlich. „Es ist keine mächtige Waffe, solange man etwas anderes als Menschen zu töten versucht."

Mit einem knappen Nicken ging Lysias voran. Er führte seinen jungen Mitstreiter zurück in den Raum seiner Waffensammlung. Mit prüfenden Blicken bedachte er die zahlreichen Schwerter, die er im Verlauf der Jahrhunderte angesammelt hatte.

„Hast du schonmal einen Menschen getötet?", wollte er wissen.

Reon, der im Abstand von etwa zwei Schritten hinter ihm stehen geblieben war, nickte bedächtig.

„Einmal. Unsere Mutter wollte, dass ich es tue, auch wenn ihre Sorge hauptsächlich galt, wie gut ich meine Schwester im Notfall beschützen könnte."

„Du bist wohl nicht gerade das Lieblingskind", vermutete Lysias. Er brauchte keine Antwort darauf; allein die Tatsache, dass Reon ihm – einem Feind und potentiellen Gegner – so freimütig seine Lebensgeschichte auftischte, sagte ihm, dass der junge Mann entweder endlos naiv oder ausgehungert nach Aufmerksamkeit sein musste.

„Im Gegenteil. Wenn Rowena sie nicht ab und zu daran erinnern würde, hätte unsere Mutter wahrscheinlich schon vergessen, dass es mich überhaupt gibt."

Als Lysias sich zu dem Göttersohn umsah, stellte er fest, dass dieser die Lippen zusammengekniffen und das Gesicht verzogen hatte. Er schien es nicht bewusst zu tun, denn an seinem Blick ließ sich erkennen, wie unglaublich weit weg er in Gedanken zu sein schien.

„Tja, nicht jeder Halbgott hat das Potential, in die Ränge der Götter aufzusteigen", entgegnete Lysias schulterzuckend. „Erwarte bitte nicht allzu viel Mitleid von mir. Immerhin hat deine Schwester noch vor wenigen Stunden versucht, mich zu töten.

Ich helfe dir, weil ich ein paar Götter verärgern möchte, nicht weil mir so viel an eurem Familienfrieden läge."

Daraufhin verzog sich Reons Mund zu einem schiefen Lächeln. Er nickte wortlos.

„Hier. Du wirst eine angemessene Waffe brauchen." Lysias hatte eines der Schwerter von der Wand genommen. Den mystischen Symbolen an der Schwertscheide nach musste es uralt sein, doch Lysias konnte sich beim besten Willen nicht daran erinnern, wem er es bei welcher Gelegenheit abgenommen hatte. Ihm blieb nur, darauf zu hoffen, dass es nicht verflucht wäre.

Reon wiederum schien diese Bedenken nicht zu haben. Mit leuchtenden Augen nahm er die Waffe entgegen wie ein kleines Kind sein lang ersehntes Geschenk an Weihnachten.

„Danke!", strahlte er, zog die Waffe aus der Scheide und schwang sie ein paar Mal zur Probe. Die Klinge war kurz und eher breit, nicht so elegant wie das Schwert, das der Göttersohn mit sich führte, dafür aber ungleich mächtiger.

„Ich erwarte, dass du es mir zurückgibst, sobald wir die Unterwelt wieder verlassen haben", stellte Lysias klar. Er selbst verbarg einen Dolch in seiner Kleidung. Mit einem letzten Zauber richtete er sein schwarzes Haar, dann war er zum Aufbruch bereit.

Sie verließen das Penthouse. Inzwischen waren die Straßen New Yorks belebter. Taxis hupten ununterbrochen, selbst wenn es keinen offensichtlichen Grund dafür gab. Lysias winkte eines heran und nannte eine Adresse in der Bronx. Der Taxifahrer ließ seinen Blick skeptisch an seinem gut gekleideten Fahrgast hinab wandern, dann brummte er eine Bestätigung.

Während der Fahrt ließ Lysias die Gedanken schweifen. Das Kribbeln der Vorfreude breitete sich in seinem Körper aus, die verhasste Langeweile längst vergessen. Er war auf dem Weg ins Abenteuer und hätte sich nicht lebendiger fühlen können.

Nach ihrer Ankunft hinterließ er dem Fahrer ein großzügiges Trinkgeld. Er blieb Leuten auch gerne für andere Dinge als seine Kleidung in Erinnerung. Ohne ein Lächeln verhindern zu können, richtete Lysias seinen Mantelkragen und sah sich um.

„Was machen wir hier?", wollte der Göttersohn wissen. Die Schwerter verbarg er unter einer Jacke, die Hände hatte er in den Hosentaschen vergraben. Sein Blick ruhte skeptisch auf dem flackernden Neonschild des heruntergekommenen Stripclubs, der mit leuchtender Reklame für seine Münzspielautomaten warb. Der Geruch von Urin und Rauch umgab selbst den Eingangsbereich.

„Wir steigen hinab in die Unterwelt", entgegnete Lysias schulterzuckend. „Dachtest du, der Eingang dorthin liegt irgendwo in einem schicken Spa? Man muss sich schon die Hände schmutzig machen, wenn man in die Hölle gelangen will."

Mit diesen Worten stieß er die Tür auf. Im Inneren des Clubs konnte seit langer Zeit nicht mehr gelüftet worden sein; der Zigarettenrauch ließ sich beinahe mit dem Messer schneiden.

Um diese Uhrzeit trieben sich wenige Leute in einem Club wie diesem herum. Die drei auf der Bühne angebrachten Stangen waren leer. An der Bar jedoch saßen einige zwielichtige Gestalten, die die Eintretenden neugierig musterten. Alle der sechs Spielautomaten waren belegt. Das Rattern und prasseln der Automaten übertönte die gedämpfte Loungemusik, die die Atmosphäre abrundete.

Lysias konnte Reons Unbehagen beinahe physisch spüren. Der Göttersohn hielt den Blick gesenkt, als wollte er die Anwesenheit der anderen Männer leugnen. Selbst im dämmrigen Licht des Clubs konnte Lysias erkennen, wie gerötet Reons Gesicht war. Es war beinahe süß, wie er sich schämte.

„Noch nie in einem derartigen Etablissement gewesen?", neckte Lysias, der mit zielstrebigen Schritten die Bar ansteuerte.

„Natürlich nicht!", zischte der Göttersohn, wobei er es gerade noch schaffte, seine Stimme gesenkt zu halten. „Das hier ist ein Sündenpfuhl!"

„Genau deshalb könnte es keinen besseren Ort geben, um den Eingang zur Unterwelt vor rechtschaffenen Götterkindern zu verbergen." Lysias spielte mit dem Gedanken, sich einen Drink zu bestellen, doch angesichts von Reons Unbehagen erschien ihm das unnötig grausam.

Stattdessen nickte er den Männern an der Bar nur kurz zu, verschaffte sich einen Überblick und steuerte dann eine Tür an, die in den nur für Personal freigegebenen Bereich des Clubs führte. Reon folgte ihm auf dem Fuße. Seine Haltung war angespannt, sein Blick wachsam.

„Ganz ruhig, Greenhorn", sagte Lysias mit einem Augenrollen. „Du wirst deine Waffe noch nicht brauchen. Die Männer hier sind nur daran interessiert, mit ganz anderen Schwertgriffen zu spielen."

Er schmunzelte über seinen eigenen schmutzigen Witz. Reon schien ihn weniger komisch zu finden, denn er verzog keine Miene.

Ein Mann kam ihnen entgegen, wahrscheinlich der Barmann. Er setzte an, etwas zu sagen, doch Lysias hob eine Hand. Der Mann ging an ihnen vorbei, ohne ihnen weiter Beachtung zu schenken. Lysias konnte nicht leugnen, dass die offensichtliche Bewunderung des Göttersohns ihm schmeichelte.

„Wir sind da", verkündete Lysias. Sie kamen vor einer unauffälligen, weißen Brandschutztür zum Stehen. Weder war die Tür beschriftet, noch befand sich ein Lichtschalter daneben. Sie verfügte über kein Schloss und wahrscheinlich hatte sich seit Eröffnung des Clubs niemand jemals die Mühe gemacht, sie zu öffnen. Nicht, dass es ihnen gelungen wäre.

Lysias ließ die Finger knacken und badete einige Sekunden in der nervösen Vorfreude. Dann drückte er die Klinke hinunter, entriegelte das Schloss mit seiner Magie und zog die Türe auf.

Ein Schwall heißer Luft schlug ihnen entgegen, begleitet vom unvergleichlichen Gestank nach Schwefel. Vor ihnen erstreckte sich eine schmale, steile Steintreppe, die gerade nach unten zu führen schien. Die Stufen verschwammen mit der Dunkelheit, nur ganz am Ende der Treppe war ein rötlicher, bedrohlicher Lichtschein zu erkennen.

Lysias und Reon tauschten einen vielsagenden Blick. Dann straffte Reon die Schultern und begann den Abstieg in die Unterwelt.

Kapitel 6

B ereits nach wenigen Schritten hatte die Dunkelheit sie verschluckt. Lysias wünschte sich stumm ein Geländer herbei, um seine Schritte besser koordinieren zu
können. Doch so blieb ihm nur, höchst unelegant in die Finsternis hinabzustolpern.
Jede Stufe war anders beschaffen als die vorherige.

Hinter sich hörte er keinen Laut, sodass er sich mehr als einmal umsah, ob Reon
ihm noch folgte. Der Göttersohn bewegte sich nahezu lautlos, das von unten kommende, dämmrig rote Licht spiegelte sich in seinen Augen. Eine Hand hatte er locker
an den Schwertgriff gelegt, die andere war in der Dunkelheit kaum zu erkennen.

Je heller es wurde, desto wärmer wurde es auch. Eine flimmernde Hitze schlug ihnen entgegen, als träten sie aus einem klimatisierten Gebäude hinaus auf den brodelnden Asphalt einer windstillen Straße im Sommer.

Lysias fühlte sich beinahe enttäuscht. Je länger sie durch die wabernde Hitze wanderten, desto mehr verebbte seine Vorfreude. Den Abstieg in die Unterwelt hatte er
sich spannender vorgestellt. Vielleicht musste man erst sterben, um die ganze Freude
des zur Hölle Fahrens zu erleben.

„Weißt du, wie die Unterwelt aufgebaut ist?", versuchte Lysias sich an etwas leichter
Konversation.

„Es müsste einen Fluss geben, der das Diesseits vom Jenseits trennt", entgegnete
Reon, ohne zu zögern. „Und einen dreiköpfigen Hund, der aufpasst, das kein Lebender versehentlich das Totenreich betritt. Daraufhin werden die Toten von einem

Gericht beurteilt und finden dann jeweils im Tartaros oder in den elysischen Gefilden ihren Platz bis zur Wiedergeburt."

„Du bist gut informiert."

„Ich habe eine göttliche Mutter", murmelte Reon.

Lysias hatte den Eindruck, die Stufen würden steiler werden. Vorsichtig tastete er sich Schritt für Schritt voran, bis es hell genug war, dass er das Gelände unter ihnen erkennen konnte. Spiralförmig schraubte sich die Treppe in die Tiefe, bis sie auf kohlschwarz verbranntem Boden mündete, der eine Konsistenz wie zäher Sand aufwies.

Unter ihnen erstreckten sich zwei Flüsse, die parallel zueinander zu verlaufen schienen, bis sie sich irgendwo in der Ferne verloren. Einer der Flüsse führte beinahe schwarzes Wasser, durch den anderen zog sich brodelnde Lava. Die Hitze versengte Lysias' Wimpern und Augenbrauen. Es fiel ihm schwer, das Gesicht dem Fluss zuzuwenden.

„Wir haben uns nicht den besten Eingang gesucht", kommentierte Lysias, kaum dass Reon neben ihm in den Sand sprang. Asche wirbelte unter seinen Stiefeln auf.

„Der Fluss Phlegethon", murmelte der Göttersohn und schirmte seine Augen gegen die strahlende Hitze ab. „Ich dachte, er würde kochendes Blut führen."

„Sieht aus, als wäre dein Geschichtswissen doch nicht mehr so aktuell." Lysias näherte sich dem Ufer. Die Lava zog gemächlich vor sich hin, die Hitze prickelte auf seiner Haut.

„Zu schade, dass wir nicht tot sind", murmelte er unzufrieden. Er wusste nicht, wie er sich die Durchquerung der Unterwelt vorgestellt hatte, aber sicherlich nicht so unbequem. „Sonst könnten wir uns mit Münzen beerdigen lassen und einfach einen Fährmann bezahlen. Angesichts der Alternative erscheint mir diese Idee gar nicht mehr so abwegig."

„Ich glaube nicht, dass es einen Fährmann für den Phlegethon gibt." Reon hatte das Ufer ebenfalls erreicht. Mit der Schwertspitze stocherte er in der Lava und obwohl der

Stahl sich glühend rot verfärbte, verbog er sich nicht. „Wenn die Legenden wahr sind, dann wird uns der Fluss nicht töten, sondern verbrennen und schließlich heilen."

„Und wie sehr vertraust du diesen Legenden? Genug, um dein Bein in die Lava zu halten, Göttersohn?"

Reon verdrehte die Augen und kniete sich hin. Für einen Moment hing seine Fingerspitze zögernd über dem Strom aus Lava, dann tauchte er sie hinein. Er zischte auf, doch der Kontakt mit dem glühenden Gestein schadete ihm nicht.

„Scheint sicher zu sein. Die Flammen bereiten genau den Schmerz, den man anderen Menschen im Leben zugefügt hat, genau wie die Legenden besagen."

Er steckte sein Schwert wieder ein und war bereits zwei Schritte hinein in die Glut gewatet, bis Lysias diese Information verarbeitet hatte. Reon war jung und insgesamt ein guter Kerl, soweit Lysias das beurteilen konnte. Er selbst aber lebte seit Jahrtausenden. Es war unmöglich, dass die strafenden Flammen des Flusses ihn genauso unversehrt zur anderen Seite gelangen lassen würden.

Lysias' Blick folgte dem Göttersohn. Er hatte den Kopf zwischen die Schultern gezogen, während er sich immer tiefer vorwagte; bald hatte er die Mitte des Flussbetts erreicht. Doch Schmerzensschreie blieben aus.

Mit einem Seufzen richtete Lysias sich auf. Was man nicht alles in Kauf nahm, um seine Langeweile zu vertreiben.

So erhaben wie möglich wagte er den ersten Schritt hinein in den Phlegethon. Der Schmerz, der von seinem Fuß hinauf bis in seinen Bauch zuckte, ließ ihn für eine Sekunde erblinden. Ein atemloser Laut kam über seine Lippen, doch Lysias zwang sich zu einem zweiten Schritt.

Der Schmerz ließ seine Ohren klingeln, Feuer versengte seine Haut und trieb ihn an den Rand der Ohnmacht, ohne dass er dieser hätte nachgeben können.

Nach zwei weiteren Schritten stand er bis zu den Knien im Fluss und mit jedem Zentimeter, den die Lava an seinem Körper höher stieg, steigerte sich der Schmerz noch weiter. Seine Kehle brannte von der Hitze, jeder Atemzug ließ seine Lungen in Flammen stehen.

Der Fluss wurde schnell tiefer. Bald stand ihm die Lava bis zum Kinn; ein weiterer Schritt, nun bis zur Nase. Das glühende Gestein schien ihn zu ersticken. Lysias holte tief Luft, bis er glaubte, spüren zu können, wie sich seine Lungenflügel ablösten, dann kniff er die Augen zusammen und tauchte ganz in den Flammenfluss ein.

Er konnte den Grund noch immer unter den Fußspitzen fühlen. Das Feuer brannte so heiß, dass es sich wieder kalt anfühlte, eine niemals enden wollende, eiskalte Hitze, die sich unter seine Haut, in sein Fleisch, durch die Muskeln bis zu den Knochen grub.

Der Phlegethon verbrannte seine Augenlider, sodass Lysias keine andere Wahl blieb, als auf seinen Arm zu starren. Die Haut, das Fleisch, die Sehnen und Muskeln waren komplett verbannt, sodass nur das Skelett übrig blieb. Dann verbrannten auch seine Augäpfel und ließen ihn orientierungslos im Dunkeln durch das Flussbett stolpern.

Seine Füße trugen ihn von alleine vorwärts, auch an ihnen konnten keine Muskeln mehr sein, doch Lysias hatte keine Augen mehr, um es nachzuprüfen. Er spürte keinen Schmerz mehr und als schließlich auch noch seine Ohren verbrannten, versank er in der Stille des Flusses.

Zeit war kein Konzept mehr, das Anwendung fand, hier in der Mitte des Phlegethon. Hundert Jahre oder drei Sekunden hätten vergehen können, bevor Lysias das andere Ufer erreichte.

Hustend schleppte er sich ans Ufer, spürte den zähen Sand unter seinen Füßen. Als er blinzelte, tropfte Wasser von seinen Wimpern. Seine Ohren rauschten, fühlten sich aber ansonsten normal an.

Reon packte seinen Arm und zog ihn weg vom Flussbett. Trotz der sengenden Hitze des Phlegethon war sein Gesicht bleich.

„Alles in Ordnung?"

Für jemanden, der ausgezogen war, um seine Schwester aus der Unterwelt zu befreien, klang er ziemlich eingeschüchtert.

„Bestens", entgegnete Lysias und strich seine Kleidung glatt. Sie hatte zum Glück keinen Fleck abbekommen. Bis sie eine Reinigung hätten aufsuchen können, wäre sicherlich noch einige Zeit vergangen.

„So sah es nicht aus." Reon hatte den Blick gesenkt, doch seine Blässe konnte er nicht verbergen. Er verhielt sich, als wäre er dem Leibhaftigen persönlich begegnet, während Lysias orientierungslos durch den Fluss gestolpert war.

„Nun, nicht jeder Mensch ist von demselben heroischen Ehrgefühl besessen wie du." Lysias winkte ab. Wenn es nach ihm ginge, hätten sie diesen Vorfall vergessen und nie wieder angesprochen. „Einige Leute tun Böses, einfach weil sie es können."

„Und wohin hat dich das gebracht?" Reon nickte zu dem flammenden Fluss hinüber. „Du hast diese Kräfte, die selbst die der Götter übertreffen. Und alles, wofür du sie benutzt, ist dein eigenes Vergnügen. Hättest du – keine Ahnung – den Welthunger oder so beendet-"

„Habe ich aber nicht", fiel Lysias ihm ins Wort. „Und werde ich auch nicht. Ja, ich bin mächtiger als die Götter, aber was die Menschen sich einbrocken, ist ihre eigene Suppe. Ich bin auf der Erde, um mich zu amüsieren. Ich habe mir dieses Privileg hart erarbeitet! Ich bin zufrieden mit dem, was ich bin."

Mit Widerspruch rechnend funkelte er Reon an, doch der Göttersohn seufzte nur schwer und nickte.

„Gehen wir weiter, Greenhorn. Wir haben eine Prinzessin zu retten."

Schweigend stapften sie weiter. Nach und nach wurde der Boden ebener und fester. Hier und da sprossen zarte Pflanzen aus der Erde. Sie wanderten eine Weile ziellos durch die Ebene, bis die Hitze des Flusses in ihrem Rücken nachließ und einer angenehmen Sommernachtswärme Platz machte.

„Schatten", sagte Reon plötzlich und deutete mit der Spitze seines Schwertes einen sanften Hügel hinab. Lysias folgte seinem Blick, doch im ersten Moment konnte er nicht erkennen, was der Göttersohn meinte.

Dann bemerkte er sie. Halb durchsichtige, dunkle Gestalten mit menschlichen Oberkörpern und Köpfen. Ihre Beine jedoch wurden mit jedem Zentimeter blasser, bis sie sich im Nichts zu verlieren schienen. Die Gestalten schwebten über dem Boden, die Köpfe alle in dieselbe Richtung gewandt, wie eine gewaltige Karawane, deren Anfang nicht auszumachen war.

„Die Seelen der Verstorbenen", murmelte Reon und steckte das Schwert wieder ein. „Wenn wir ihnen folgen, sollten sie uns zum Eingang führen."

„Wenn wir ihnen folgen, werden wir sehr auffallen", gab Lysias zu bedenken. „Noch sind wir nicht tot."

Sie hielten sich parallel zu dem Schwarm an halb durchsichtigen Seelen. Ihr Zug folgte einem verschlungenen Pfad durch eine seichte, unspektakuläre Hügellandschaft hindurch. Lysias wurden die Füße schwer, so weit mussten sie schon gewandert sein.

Schließlich erstreckte sich vor ihnen ein gewaltiger Wall, dessen Mauern so hoch waren, dass ihr Ende im Gewölbe über ihnen – Lysias zögerte, es Himmel zu nennen – verlor. Ein einziges, schmiedeeisernes Tor bildete einen Durchgang durch den Wall. Und genau dieses Tor steuerten die heimatlosen Seelen an.

Vor dem Tor hockte eine Kreatur, von der ein überwältigender Gestank nach nassem Hund ausging. Drei große, hässliche Köpfe schwebten über den Köpfen der Seelen. Der Rumpf des Hundes war plump und unförmig, die Beine kurz, der Bauch zerknautscht.

Witternd hob der Zerberus zwei seiner Köpfe, die den eingedrückten Fratzen eines Mops ähnelten. Lange, glibberig pinke Zungen hingen aus den Mäulern. Der Zerberus furzte, dann fiel er ungelenk wieder auf die Hinterbeine und setzte seine Wache über die Seelen der Verstorbenen fort.

„Ich habe in meinem ganzen Leben noch nie so ein hässliches Vieh gesehen", verkündete Lysias in dem der Situation angemessenen dramatischen Tonfall.

Reon neben ihm rollte die Augen. Seine Hände ruhten auf den Schwertgriffen.

„Immerhin sieht er nicht aus, als könnte er uns weit verfolgen, falls wir versuchen sollten, einfach durchs Tor zu rennen", murmelte er und schirmte die Augen mit einer Hand ab. „Die Seelen lässt er scheinbar einfach passieren."

„Der Zerberus passt auf, dass niemand Unbefugtes hinein oder hinaus gelangt." Lysias setzte sich in Bewegung, schnurgerade auf dem Weg zum Tor. Reon folgte ihm sichtlich angespannt.

„Wir sind Unbefugte", erinnerte er Lysias.

Der Widersacher der Götter zuckte nur mit den Schultern.

„Ich habe gegen die größten Helden der Geschichte der Menschheit und Götter gekämpft. Mit einem Schoßhündchen werde ich wohl noch zurecht kommen.“

Mit diesen Worten mischte er sich unter die vorbeiziehenden Seelen; gesichtslose Gestalten, die ihre Umgebung längst nicht mehr wahrzunehmen schienen. Lysias achtete darauf, sie nicht zu berühren. Und dennoch merkte er nach wenigen Schritten, dass die Köpfe der Verstorbenen sich nach ihm umblickten, als spürten sie, dass er keiner von ihnen war.

Lysias bekam keinerlei Gelegenheit, weiter darüber nachzudenken. Der Zerberus hatte sich in Bewegung gesetzt. Mit seinen viel zu kurz scheinenden Beinchen trabte er witternd und sabbernd auf Lysias zu. Die sechs dummen Augen der Kreatur wanderten zwischen den Seelen umher.

Die Verstorbenen machten der Bestie sofort Platz, nur Lysias wich keinen Schritt zurück. Ungeheuern durfte man niemals den Eindruck vermitteln, man hätte Angst vor ihnen.

Bereits nach wenigen Schritten begann der Zerberus zu röcheln. Drei Lungen sogen gleichzeitig Luft ein und stießen sie wieder aus. Der unerträgliche Gestank von verrottendem Fleisch breitete sich aus.

Endlich hatte der Zerberus Lysias' Fährte aufgenommen und kam jetzt japsend auf ihn zu gerannt, die Zähne gebleckt. Obwohl jeder Zahn so lang war wie Lysias' Unterarm empfand er keinerlei Angst, lediglich Abscheu gegenüber dieses ekelerregenden Biests.

„Pass auf!“, brüllte Reon von der Hügelkuppe herunter, als hätte Lysias den gewaltigen, dreiköpfigen Hund, der auf ihn zu galoppiert kam, irgendwie übersehen können.

Lysias hob eine Hand, schnippte mit den Fingern und ließ ein Stück Käse darauf erscheinen. Der Zerberus furzte vor lauter Aufregung, als drei Köpfe gleichzeitig darum rangen, den Käse als ersten verschlingen zu dürfen.

„Nein, böser Hund“, mahnte Lysias. „Sitz.“

Die Köpfe knurrten und balgten noch immer, während Lysias den Käse wieder und wieder aus deren Reichweite zog.

„Sitz, sagte ich", wiederholte er ungeduldig. „Sitz!"

Endlich gehorchte der Höllenhund. Ungeschickt landete sein Hinterteil auf dem Boden. Sechs große, flehende Augen sahen erst ihn und dann den Käse an.

Mit einem weiteren Fingerschnipsen multiplizierte Lysias den Käse und warf jedem der Köpfe ein Stück hin. Gierig zerrten sie ihren gemeinsam Körper erst nach rechts, dann nach links, bis jeder Kopf seinen Snack verschlungen hatte.

Hechelnd blickten sie wieder zu Lysias, die Ohren gespitzt, der pummelige Schwanz peitschte hin und her.

Die Seelen wanderten währenddessen unbeaufsichtigt durch das Tor. Aus dem Augenwinkel konnte Lysias beobachten, wie Reon sich unter die Scharen der Verstorbenen mischte und das Tor passierte.

„Braver Junge", murmelte Lysias und streichelte die einzelnen Köpfe, wofür er sich spontan noch einen dritten Arm aus der Brust wachsen lassen musste.

Japsend begannen die drei Köpfe, sich gegen seine Hände zu schmiegen. Pinke, schlabberige Zungen hingen aus den Mäulern und begannen prompt, Lysias abzulecken. Vollkommen benebelt vom Gestank des halb verdauten Fleischs musste er sich von dem Biest abwenden.

Der Widersacher der Götter schloss für einige Sekunden die Augen und verfluchte all die Lebensentscheidungen, die ihn in diese Situation gebracht hatten. Prompt rammten sich zwei der Köpfe gegen seine Brust und warfen ihn beinahe um.

„Das reicht jetzt, aus!", rief er dem Zerberus zu, der mit einem Winseln von ihm abließ.

Lysias führte den dreiköpfigen Hund wieder ans Tor, wo er ihm zum Abschied noch etwas Käse spendierte. Dieses Mal gelang es ihm allerdings, den Zerberus zu stoppen, bevor dieser erneut seine Dankbarkeit mit einem ausgiebigen Speichelbad bekunden konnte.

„Nein, bleib." Lysias deutete auf den Boden vor sich. Der Zerberus ließ sich auf den Boden fallen und blickte mit sechs Augen erwartungsvoll auf.

Während Lysias sich entfernte, beschwor er ein einziges Käsestück in seiner Hand und warf es dem Hund hin. Hinter sich hörte er das Knurren und Schnappen von Kiefern, als jeder der drei Köpfe ohne Rücksicht auf die anderen versuchte, den Käse zu erreichen.

Reon erwartete ihn einige Meter jenseits des Tors im Schatten der gewaltigen Mauern. Mitleidig ließ er den Blick an Lysias hinab wandern, dessen Kleidung vom Speichel des Hundes durchtränkt worden war.

„Brauchst du etwas zum Wechseln?", fragte der Göttersohn und hatte bereits seine Jacke abgelegt, bevor Lysias ablehnen konnte.

„Ich kümmere mich schon darum", entgegnete er und mit einem Wink seiner Hand war seine Kleidung getrocknet. Bei dieser Gelegenheit fiel ihm der dritte Arm ein, der noch immer aus seiner Brust ragte. Auch diesen ließ er innerhalb von Sekunden verschwinden.

„Gehen wir." Lysias blickte sich zu der Karawane der Verstorbenen um, die hinter ihnen langsam ins Landinnere wanderte.

„Am besten halten wir uns parallel zu ihnen", schlug Reon vor. „So verirren wir uns nicht, laufen aber auch nicht direkt dem Totengericht in die Arme."

Lysias grinste.

„Manchmal hast du ja tatsächlich ganz gute Ideen, Greenhorn."

Reon schüttelte den Kopf und ging voran.

Kapitel 7

Das leiser werdende Jaulen des Höllenhundes im Rücken folgten die beiden Männer dem Zug der Karawane mit einigen Metern Abstand. Wie zu erwarten hatten die Toten es nicht sonderlich eilig, sodass Lysias und Reon hunderte Schatten überholten.

Lysias glaubte, den Gestank des Fleischs noch immer auf seiner Kleidung riechen zu können, als sein Blick zu Boden wanderte und etwas bemerkte.

„Asphodelos", sagte er in das Schweigen hinein.

Reon, der bereits zur Hälfte sein Schwert aus der Scheide gezogen hatte, blickte sich kampfbereit um.

„Wo? Was ist das?"

„Eine Blume. Keine, die dir den Kopf abschneiden wird, also steck das wieder ein", mahnte Lysias den Göttersohn mit einem Augenrollen und deutete auf eine kahle, unfreundlich aussehende Pflanze mit kleinen, weißen Blüten. Der Stamm der Blume schien aus einer ringförmigen Ansammlung an grünen Blättern heraus zu wachsen.

Stirnrunzelnd kniete Reon sich davor.

„Was hat es mit dieser Blume auf sich?"

„Sie bedeutet, dass wir die Wiesen des Hades erreicht haben", erklärte Lysias. „Und dass die Totenrichter in der Nähe sind. Wir sollten auf der Hut sein."

Sie verfolgten die Karawane nun langsamer, während der Boden unter ihren Füßen mit jedem Schritt weniger steinig wurde. Bald schon liefen sie über eine Graslandschaft, die von immer größer wachsenden Asphodelos durchzogen wurde. Ein leicht süßlicher Geruch lag in der Luft.

Als sie die Hügelkuppe erreichten, bot sich ihnen ein beeindruckender Anblick. Die gesamte Senke war zu einem einzigen Buffet umfunktioniert worden. Fünfzig Meter lange Tische, die sich unter der Last der Speisen bogen, reihten sich aneinander.

Die Schatten stürzten sich gierig darauf. Trotz ihrer gesichtslosen Körper schlangen sie das Essen hinunter, gefolgt von Wein, Milch und Bier. Wann immer ein Teller geleert worden war, füllte er sich dank göttlicher Magie von selbst wieder auf.

Schatten, die ihre Mahlzeit beendet hatten, wirkten danach kräftiger. Ihre Konturen waren schärfer zu erkennen, sogar Ansätze von Füßen und Gesichtern. Wieder einmal reihten sie sich ein, doch diesmal gingen sie schnell und beschwingt.

„Sie stärken sich, um vor dem Totengericht aussagen zu können", stellte Reon nach ein paar Minuten des Beobachtens fest. „Aber es sind Tausende. Wir könnten Rowena unter all diesen Schatten niemals finden."

„Sie wird nicht hier sein", entgegnete Lysias. „Ich vermute, sie musste sich nicht dem Totengericht stellen, sondern wurde von deiner Mutter direkt an einen von ihr gewünschten Ort gebracht." Sie tauschten einen schnellen Blick. „Irgendeine Ahnung, wo das sein könnte?"

Reon setzte an, den Kopf zu schütteln, hielt dann jedoch mitten in der Bewegung inne. Für eine halbe Sekunde hoffte Lysias, dem Götterkind könnte etwas eingefallen sein, doch Reons Gesichtsausdruck verriet etwas anderes.

„Was-", begann Lysias, doch Reon ermahnte ihn zischend, still zu sein.

Und dann hörte Lysias es auch. Ein unmenschliches Kreischen aus weiter Ferne erfüllte das Gewölbe des Hades. Es wurde weit über die leeren, stillen Ebenen getragen und schien doch unendlich widerzuhallen.

„Harpyien", knurrte Reon. „Sie dürfen uns nicht sehen, sonst wissen die Götter, dass wir hier sind!"

Hilflos blickte Lysias sich um. Sie befanden sich auf einer Hügelkuppe, um sie herum nichts als hochgewachsene Blumen, aber kein Versteck.

Die Stimme eines fremden Mannes durchbrach seine Gedanken.

„Hierher! Hier unten!"

Reon reagierte schneller. Halb laufend, halb springend eilte er den Hügel hinab, weg von dem Bankett der Toten. Unter dem sich nähernden Gekreische der Harpyien blieb Lysias keine andere Wahl, als dem Göttersohn zu folgen.

Hinter dem Stamm eines mehrere Meter hohen Asphodelos kam ein Mann zum Vorschein, den Lysias im ersten Moment lediglich für klein hielt. Auf den zweiten Blick jedoch ging ihm auf, dass der Mann von den Knien abwärts im Boden festzustecken schien.

Geistesgegenwärtig hatte Reon sich bereits zu Boden geworfen und unter einem der gewaltigen Blätter des Asphodelos Schutz gesucht. Lysias tat es ihm gleich. Er robbte durch den Staub und Schmutz, bis sein gesamter Körper unter dem Blatt verborgen war.

Die Schreie der sich nähernden Harpyien erklangen immer lauter. Lysias konnte ihre Flügelschläge direkt über sich hören, dann landete eine Ladung Vogeldreck mit einem hässlichen Klatschen direkt auf dem Blatt, unter dem er sich verbarg.

Aus seinem Versteck heraus konnte er den im Boden versunkenen Mann, der sie zu sich gerufen hatte, zwar nicht sehen. Er konnte ihn allerdings fluchen hören, als der Vogeldreck ihn traf.

Dann entfernten sich die lärmenden Wesen endlich wieder. Reon kroch erst aus seinem Versteck hervor, als die Rufe der Harpyien verklungen waren.

Vorsichtig, um ja nicht vom Dreck getroffen zu werden, robbte Lysias vorwärts unter dem Blatt hervor. Für heute war er wirklich genug von Monstern verunstaltet worden. Er richtete sich auf und säuberte seine Kleidung mit einem kurzen Wink aus dem Handgelenk heraus.

„Vielen Dank für Ihre Hilfe", sagte Reon gerade zu dem feststeckenden Mann.

„Keine Ursache", murrte dieser. „Hat einer von euch zufällig ein Taschentuch dabei?"

Von seiner Schulter tropfte noch der Vogeldreck. Lysias beschwor ein Tuch in seiner Hand und reichte es dem unglückseligen Mann.

„Ihr seht nicht sehr tot aus", merkte Lysias an. Im Gegensatz zu den Schatten auf der anderen Seite des Hügels waren die Konturen dieses Mannes scharf umrissen, sein Blick klar und seine Füße offensichtlich im Boden versunken.

„Ihr auch nicht", hielt der Fremde ihnen entgegen. Er hatte sich inzwischen gesäubert und hielt Reon eine Hand hin. „Ich bin Peirithoos."

Sie stellten sich einander vor.

„Wie lange seid Ihr schon hier?", wollte Reon mit einem zweifelnden Blick zu Peirithoos' Füßen wissen.

Der Gefangene zuckte mit den Schultern.

„Ein paar tausend Jahre. Aber irgendwann hat mir jemand diesen kleinen Kasten mitgebracht", er hielt demonstrativ ein Smartphone hoch, „und seitdem ist es gar nicht mehr so schlimm."

„Was hat Euch denn ursprünglich in die Unterwelt verschlagen?", fragte Lysias. Wenn Peirithoos hier schon so lange festsaß, konnte er ihnen vielleicht mehr über Reons Schwester erzählen.

„Ach, ich habe Theseus begleitet, der Persephone aus der Unterwelt schmuggeln wollte. Und als wir uns hinsetzten, um Rast zu machen, versanken unsere Beine plötzlich im Boden."

Reon blickte sich um, während Lysias' Blick weiterhin auf Peirithoos ruhte. Die Parallelen zu seinem eigenen Aufenthalt hier unten erschreckten ihn.

„Ich sehe hier sonst niemanden außer Euch", sagte Reon. „Was ist mit Theseus passiert?"

„Ein paar Jahre später kam Herakles hier vorbei und hat ihn mitgenommen. Mich hat er allerdings nicht befreien können, offenbar stecke ich zu tief im Boden. Oder die Götter haben mich schlimmer verflucht als Theseus, wer weiß das schon?" Peirithoos wirkte beinahe gelangweilt, als er diese Geschichte erzählte. Es schien ihn wirklich nicht mehr zu ärgern, hier unten festzustecken.

„Er kann Euch bestimmt befreien." Reon nickte zu Lysias.

Peirithoos seufzte.

„Niemand kann das. Ich habe mich längst mit meinem Schicksal abgefunden. Es könnte immer noch schlimmer sein, sage ich mir immer. Man hätte mich auch in den Tartaros schleifen können, so wie diese junge Dame von neulich."

Bei diesen Worten spannte Reon sich merklich an.

„Eine junge Dame? Wie hat sie ausgesehen?"

Peirithoos zuckte erneut mit den Schultern.

„Rote Haare, ziemlich wild... die Harpyien haben sie vorbeigetragen und sie hat die ganze Zeit über gekreischt und gestrampelt, als wäre sie eine von ihnen."

„Rowena!", platzte Reon unnötigerweise heraus, als wäre dies Lysias nicht schon selbst klar geworden.

„Ach, ihr kennt euch?" Zum ersten Mal seit Beginn des Gesprächs wirkte Peirithoos wirklich interessiert.

„Sie ist meine Schwester und wir sind hier, um sie zu retten", erklärte Reon ernsthaft. „Wisst Ihr, wohin man sie gebracht haben könnte?"

„Wenn man die Richtung bedenkt, in die die Harpyien sie getragen haben, tippe ich auf den Tartaros, den Ort für Gottesfrevler."

Lysias und Reon tauschten einen vielsagenden Blick.

„Wenn ich noch etwas anmerken dürfte", Peirithoos sah in die Runde, als wollte er eine wichtige Ankündigung machen, „lasst es sein. Wenn die Götter sie in den Tartaros verbannt haben, dann wird die Strafe, die man euch auferlegen wird, größer sein als der Nutzen, sie zu retten."

„Das entscheiden wir selbst!", zischte Reon. „In welcher Richtung liegt der Tartaros?"

Peirithoos zuckte mit den Schultern, dann deutete er über den Hügel in die Richtung, in die die Verstorbenen nach ihrem Aufenthalt am Buffet aufgebrochen waren.

„Aber in den Tartaros kann man nicht einfach hineinspazieren", fuhr der Gefangene fort. „Man benötigt einen Schlüssel, um das Tor öffnen zu können. Einer der Totenrichter trägt ihn immer bei sich."

Lysias hatte Gerüchte über das Totengericht, bestehend aus den großen und weisen Königen Minos, Rhadamanthys und Aiakos gehört. Jeder Verstorbene musste vor sie treten und sich richten lassen, um dann entweder in den Tartaros, den Ort für Sünder, verbannt zu werden oder in das Elysion, den Ort ewiger Freude, eingehen zu dürfen.

„Es heißt, Hades persönlich hätte Aiakos den Schlüssel zur Unterwelt anvertraut", überlegte der Widersacher der Götter laut.

„Ja, aber im Moment hat ihn Aiakos' Schwangerschaftsvertretung, Kardinal Francesco Barberini", entgegnete Peirithoos ohne zu zögern.

„Schwangerschaftsvertretung?", fragte Lysias.

„Francesco Barberini?", fragte Reon im gleichen Moment.

Sichtlich geschmeichelt von der plötzlichen Aufmerksamkeit der beiden Durchreisenden plusterte Peirithoos sich auf.

„Ganz genau – der Kardinal Francesco Barberini, der sich geweigert hat, das Urteil gegen Galileo Galilei zu unterzeichnen. Ein würdiger Vertreter für Aiakos, meiner bescheidenen Meinung nach."

„Nochmal zurück zu dieser Schwangerschaftssache", drängte Lysias. „Wer hat das denn genehmigt? Aiakos ist ein Mann."

Peirithoos hob erneut die Schultern.

„Bei den Göttern ist es nicht ungewöhnlich, dass jeder irgendwie mal schwanger wird, unabhängig seines Geschlechts. Dass das bei Menschen nicht geht, scheint ihnen noch nicht aufgefallen zu sein. Ich glaube, Aiakos hatte nach dreitausend Jahren einfach keine Lust mehr auf den Job."

„Sieht ganz so aus", murmelte Lysias, in Gedanken schon bei einem Plan, wie sie dem stellvertretenden Kardinal den Schlüssel zum Tartaros entwenden könnten.

„Danke für die Auskunft", sagte Reon gerade und sein Blick wanderte geradezu herausfordernd zu Lysias. „Im Gegenzug könnten wir versuchen, Euch zu befreien."

Peirithoos winkte ab.

„Gebt euch keine Mühe. Niemand kann mich befreien, außer vielleicht den Göttern selbst."

Von Reon gedrängt trat Lysias vor. Er kniete sich vor Peirithoos, der neugierig auf ihn hinab schaute, und drückte beide Hände auf den Boden. Dieser bestand aus Gestein, das von einer dünnen Schicht Schlamm bedeckt war, in dem spärliches Gras wuchs.

Lysias spürte die göttliche Macht, die Peirithoos an diesen Ort fesselte, wusste jedoch nicht, wie er sie überwinden konnte. Sicherlich hätte er mit roher Gewalt hindurchbrechen können, allerdings hätte er dann nicht garantieren können, Peirithoos dabei nicht auch durchzubrechen.

Die erwartungsvollen Blicke der beiden Männer ruhten auf ihm.

„Ich kann ihn nicht befreien", musste Lysias widerwillig zugeben. „Zumindest nicht ohne längere Vorbereitung, sofern wir nicht wollen, dass seine Knochen danach Pulver sind."

Peirithoos winkte ab und widmete sich wieder seinem Smartphone.

„Mach dir keinen Kopf deswegen. Selbst Herakles hat es vergeblich versucht. Ich trauere schon lange nicht mehr um meine Freiheit."

Während Peirithoos die Neuigkeiten leicht aufzunehmen schien, verzog Reon merklich das Gesicht. An seinem Pokerface musste dieses Greenhorn wirklich noch arbeiten.

„Ich weiß nicht, ob ich mir wünschen sollte, euch wiederzusehen oder nicht", überlegte Peirithoos laut. „Ihr wirkt wie Leute, die Probleme mit sich bringen. Andererseits kommen hier nicht so viele Lebende vorbei, mit denen ich mich unterhalten könnte."

„Wenn wir uns nicht wiedersehen, haben wir die Prinzessin gerettet und sind wieder an der Oberfläche", entgegnete Lysias.

„Oder für immer im Tartaros gefangen", hielt Peirithoos schulterzuckend dagegen. „Oder ebenfalls in den Boden eingesunken."

„Ich werde Euch etwas opfern und in die Unterwelt schicken." Mit diesen Worten wandte Lysias sich ab.

Er wusste, wohin sie der Weg führen würde. Zum Totengericht, um einen Schlüssel zu stehlen, der sie in den Tartaros bringen würde, den tiefsten und dunkelsten Teil der Unterwelt.

Das Totengericht tagte auf freier Wiese. Die drei gelangweilt aussehenden Richter thronten auf einem Podest, während die Seelen der Verstorbenen auf billigen Plastikstühlen Platz nehmen mussten.

Aus sicherer Entfernung beobachteten Lysias und Reon den Verlauf der Gerichtsverhandlung. Jeder Seele wurden nur wenige Minuten, manchmal nur Sekunden zugestanden, bevor sie entweder rechts oder links am Podest der Richter entlanggingen und verschwanden.

Die überwältigende Mehrheit wanderte nach links, nur einige wenige wurden rechts entlang geschickt. Die Verhandlung dieser Schatten dauerte für gewöhnlich länger.

„Was machen wir jetzt?", fragte Reon, eine Hand am Schwertgriff. „Die sehen nicht aus, als würden sie häufiger als einmal im Jahrhundert Pause einlegen."

„Du bist nicht zufällig ein überragend guter Taschendieb?", schlug Lysias schulterzuckend vor.

„Zufällig nicht." Der Göttersohn verdrehte die Augen. „Und selbst wenn – sie befinden sich auf einer freien Wiese ohne jegliche Deckung. Man könnte mich sehen, sobald ich den Hügel hinuntersteige."

„Mit anderen Worten, es bleibt wieder einmal alles an mir hängen", seufzte Lysias. Er erhob sich grazil, strich sein Oberteil glatt und spazierte den Hügel hinunter.

Mit jedem Schritt veränderte sich sein Aussehen schneller. Er wuchs in die Höhe, bis er die drei Meter erreichte. Seine olivfarbene Haut färbte sich rötlich, ein eleganter, schwarzer Bart rahmte sein Gesicht ein und in seinen Augen brannte ein kaltes, blaues Feuer.

In rötlich brauner Rüstung und einem Mantel stieg er den Hang hinunter. Die Erde erzitterte unter seinen Schritten. Augenblicklich kamen jegliche Gerichtsverhandlungen zum Erliegen.

Mit weit aufgerissenen Augen starrten die drei Totenrichter den Neuankömmling an. Eine zutiefst befriedigende Ehrfurcht zeichnete sich auf ihren Gesichtern ab.

„Hades, Herr!", brachte Minos schließlich hervor.

Wie so oft hatte Lysias sich auf seinen Instinkt verlassen können. Hades war vermutlich so lange nicht mehr hier gewesen, dass die drei Männer seine billige Imitation des Gottes nicht entlarven würden.

„Wie können wir Euch dienen?", wollte Rhadamanthys wissen, den Kopf ergeben gesenkt. An diesen Anblick hätte Lysias sich wirklich gewöhnen können.

So erhaben wie es ihm möglich war, ließ Lysias in Gestalt des Hades seinen Blick über die drei Totenrichter wandern. Nur Francesco Barberini verharrte nicht in seiner Verbeugung, sondern reckte neugierig den Kopf, die Augen leicht zusammengekniffen.

So gerne Lysias die Autorität, die ihm diese Erscheinung verlieh, weiter ausgekostet hätte, konnte er sich doch nicht erlauben, enttarnt zu werden.

„Barberini", sprach er mit donnernder Stimme, die von den Hügeln weit getragen wurde. „Ich habe Euch den Schlüssel zum Tartaros anvertraut, doch ich benötige ihn zurück."

Erwartungsvoll streckte Lysias die Hand aus, deren Finger so lang waren, dass sie einmal um einen menschlichen Kopf herum hätten greifen können.

Zögerlich griff Francesco Barberini in die Tasche seines Gewands und für eine Sekunde befürchtete Lysias, der Kardinal könnte ihn entlarvt haben. Doch dann fiel der Schlüssel schwer in seine Handfläche.

Glücklicherweise hielten die drei Männer die Köpfe noch immer gesenkt, denn sonst hätten sie vielleicht einen Schatten des triumphierenden Lächelns bemerkt, das Lysias' Lippen umspielte.

Kapitel 8

Das war ziemlich riskant", merkte Reon an, kaum dass Lysias in seiner gewöhn-
„ lichen Gestalt wieder zu ihm gestoßen war. „Wenn einer von ihnen den Schwindel
bemerkt hätte, kämen wir nicht mit dem Leben davon."

„Aber niemand hat es bemerkt, nicht wahr?", entgegnete Lysias und winkte ab. „Es
gehört viel dazu, bis ein Mensch einen Gott in Frage stellt."

Ohne auf Reons Antwort zu warten, ging er los in die Richtung, die Peirithoos ihnen gewiesen hatte. Er wusste nicht genau, wonach sie Ausschau hielten, ihm drängte
sich jedoch der Eindruck auf, dass er den Tartaros erkennen würde, wenn er vor ihm
stände.

„Wie lange wird es dauern, bis jemand unsere Anwesenheit hier bemerkt?", überlegte Reon laut. Er bemühte sich, mit Lysias Schritt zu halten, blieb jedoch stets einen
Meter oder zwei hinter ihm zurück.

„Im besten Fall bemerkt man uns erst, wenn wir schon wieder auf dem Rückweg
sind", entgegnete Lysias.

„Im besten Fall bemerkt man uns gar nicht."

Darauf antwortete Lysias nicht. Am Horizont glaubte er, einige Schatten ausmachen zu können, zu wenige, als dass sie in die elysischen Gefilde gebracht werden
könnten. Er entschied, ihnen in sicherem Abstand zu folgen.

„Bei dieser Sache mit Peirithoos frage ich mich wirklich, was die Götter mit uns
machen würden", redete Reon weiter und Lysias wünschte sich nichts sehnlicher, als
dass das Götterkind den Mund hielte.

„Du kommst vermutlich noch glimpflich davon, Greenhorn. Übereifrige Halbgötter gibt es an jeder Straßenecke." Er schmunzelte. „Obwohl die anderen Halbgötter sich zugegebenermaßen auch nicht mit dem Widersacher der Götter verbünden, um gegen ihre Eltern zu rebellieren."

Beinahe genoss Lysias den kurzen Ausdruck des Schocks in Reons Gesicht.

„Kann sein", murmelte er schließlich und trotz des dämmrig roten Lichts der Unterwelt schien sein Gesicht deutlich an Farbe verloren zu haben.

„Aber mein Schicksal wird so viel tragischer, dass deines dagegen ein Spaziergang wird", fuhr Lysias fort. „Ich widersetze mich dem göttlichen Willen schon seit Jahrtausenden. Peirithoos wird von Gnade sprechen, sollte er jemals von meinem Los erfahren."

Ihrer beider Blick richtete sich auf die Schatten einige hundert Meter vor ihnen. Für eine halbe Minute zogen sie schweigend dahin, dann sagte Reon: „Hoffen wir, dass uns niemand bemerkt."

„Aber wo bliebe da der Spaß, Greenhorn?"

Ihre Wanderung erwies sich als länger als erwartet. Lysias hatte sich niemals eine Vorstellung davon gemacht, wie riesig der Hades sein musste. Keine seiner Uhren funktionierte hier unten richtig, aber es fühlte sich an, als wären sie bereits Stunden unterwegs.

Die eintönige, hier und da von Asphodelos bewachsene Landschaft bot keinerlei Anhaltspunkte, wie viel Strecke sie bereits zurückgelegt hatten.

Auch Tageszeiten existierten hier unten nicht. Wenn Lysias den Kopf in den Nacken legte, erstreckte sich über ihm eine schwarze Fläche, die sowohl ein sternenloser Nachthimmel als auch eine Höhlendecke hätte sein können. Lysias fühlte sich, als wäre er im Freien, konnte jedoch nirgendwo einen Anhaltspunkt dafür entdecken. Einzig ein gleichmäßig rötliches Licht, das von den Lavaflüssen ausgehen musste, erhellte den Hades.

„Konntest du Peirithoos wirklich nicht befreien?", fragte Reon nach einer Weile. Inzwischen hatte er jegliche überschwängliche Höflichkeit verloren und stattdessen einen kollegialen Plauderton angeschlagen.

„Nicht einfach so, ohne ihn zu verletzen", gab Lysias widerwillig zu. „Wären wir nicht auf einer geheimen Rettungsmission, hätte ich es vielleicht ernsthafter versucht."

Er blickte auf zum schwarzen Himmel über ihnen.

„Ich weiß auch nicht, ob es in seinem Sinne gewesen wäre, ihn zu befreien."

„Wieso nicht?", fragte Reon sofort. Er stapfte mit merklicher Lustlosigkeit dahin, offenbar ebenfalls erschöpft von dem langen Marsch.

„Peirithoos ist Jahrtausende alt. Ich befürchte, dass sein Körper zu Staub zerfallen würde, sobald er die Unterwelt verließe. Dann würde er als Schatten ohnehin wieder im Hades landen. Und wer weiß, ob ihn die Götter dann noch in die elysischen Gefilde lassen würden. Ich denke, es ist besser für alle Beteiligten, wenn er bleibt, wo er ist."

Lysias streckte sich, bis seine Schultern knackten. Reon starrte nachdenklich auf seine Füße.

„Ich hätte ihm gerne geholfen."

„Vielleicht versuche ich mich nochmal daran, ihn zu befreien, wenn ich das nächste Mal in der Gegend bin", murmelte Lysias mit einer wegwerfenden Handbewegung.

„Wirst du denn nochmal in der Gegend sein?" Der Göttersohn hatte zweifelnd die Stirn in Falten gelegt.

„Irgendwann bestimmt. Spätestens, wenn die Langeweile mich wieder quält."

Reon sah aus, als wollte er etwas erwidern, verkniff es sich jedoch. Er war stehengeblieben, hatte die Augen zusammengekniffen und spähte voraus. Da Lysias' Augen ohnehin nicht so gut waren wie die des Göttersohns, versuchte er gar nicht erst, das zu erspähen, was auch immer Reons Aufmerksamkeit auf sich gezogen hatte.

„Spuck's aus; was siehst du, Greenhorn?"

„Das Tor zum Tartaros." Reon klang ernst, aber da er insgesamt eine ernste Persönlichkeit zu sein schien, sorgte Lysias sich deswegen nicht übermäßig.

„Dann nichts wie hin." Er hatte sich bereits wieder in Bewegung gesetzt, doch der jüngere Mann folgte ihm nur zögerlich. „Was ist los? Ist es unheimlicher, als du es dir vorgestellt hattest?"

Reon ging auf Lysias' neckenden Tonfall nicht ein.

„Es ist merkwürdig", erwiderte er noch immer in die Ferne spähend. „Ich sehe keine Mauer oder ein Haus. Da ist nur ein riesiges Tor, das auf dem Feld steht."

Einige Minuten später gelang es auch Lysias, das einsam auf einer Wiese stehende Tor zu erspähen. Es war gigantisch, zehn, zwanzig Meter hoch, genau vermochte Lysias es nicht zu sagen. Doch darum herum existierte kein Wall oder eine sonstige Begrenzung.

Die Spur der Schatten hatten sie verloren und da es unmöglich war, sie wieder aufzuspüren, entschieden die beiden Männer, direkt zum Tor zu gehen.

Es mochte eine Stunde dauern, bis sie das Tor erreicht hatten, doch als sie erstmal davor standen, konnten sie es einfach umrunden.

Das Tor bestand aus massivem, dunklen Holz von etwa zehn Zentimeter Dicke, verziert war es mit Metallbeschlägen, auf denen die Köpfe zahlreicher Ungeheuer zu sehen waren. Das Tor war mit dicken Metallpfosten zwischen zwei schwarzen Steinen, die es aufrecht hielten, aufgebaut worden. Auf der Vorderseite befand sich ein Schlüsselloch von etwa einem halben Meter Länge, auf der Rückseite jedoch fehlte es.

„Sollen wir es einfach versuchen?", überlegte Reon laut, nachdem er vergeblich versucht hatte, das Tor an den schweren, eisernen Ringen zu öffnen, die sich auf beiden Flügeltüren befanden.

Lysias hob andächtig den Schlüssel an. Je näher er ihn an das Schlüsselloch hielt, desto größer und schwerer schien er zu werden, bis Lysias all seine Kraft aufwenden musste, um ihn ins Schloss zu schieben.

Mit einem Knarzen, das Lysias bis ins Mark fuhr, drehte sich der Schlüssel im Schloss. Hinter dem Tor erklang ein metallisches Scheppern, als würde sich ein uralter, seit Äonen nicht mehr verwendeter Mechanismus in Gang setzen.

Zentimeter für Zentimeter begann die Pforte, sich zu öffnen. Ehrfürchtig wichen die beiden Männer zurück. Sie beide spürten instinktiv, dass sie an einen Ort gelangt waren, der nicht für Sterbliche gedacht war.

Ein Wind entfloh aus dem Inneren und obwohl er sich auf der Haut nicht kalt anfühlte, erschauderte Lysias, bis selbst sein Herz zu Eis zu erstarren drohte. Ein entferntes, nicht genau zuzuordnendes Heulen erklang aus dem, was unsichtbar hinter dem nun geöffneten Tor liegen mochte.

Weder Reon noch Lysias machten Anstalten, hindurchzugehen. Sie standen nur wie erstarrt vor dem Tor, sahen hindurch und konnten doch nichts erkennen außer der grünen Wiese. Das Tor knarrte leise in seinen metallischen Angeln, es schien in dem Wind zu schwanken, blieb jedoch offen stehen.

„Vielleicht sollten wir einen anderen Weg suchen", durchbrach Reon nach einer Weile das angespannte Schweigen, wie es seine Art war. „Wenn wir hier durch gehen, laufen wir dem Feind doch direkt in die Arme."

„Und ich dachte, du wolltest deine Schwester retten, Greenhorn", spottete Lysias, um sein eigenes Unwohlsein zu überspielen. „Jetzt bist du nicht mehr so mutig?"

„Ich sehe dich auch nicht vorangehen", zischte der Göttersohn. Schweiß stand ihm auf der Stirn. „Das hier ist kein guter Ort."

„Er ist für die Toten gedacht, nicht für die Lebenden." Lysias warf einen weiteren Blick durch das Tor, konnte dahinter jedoch weiterhin nur die grüne Wiese erkennen. Objektiv gesehen gab es keinen Grund, sich zu fürchten. Aber etwas Animalisches, etwas tief in seiner Seele sträubte sich dagegen, durch das Tor zu treten.

Unruhig trat Reon von einem Fuß auf den anderen. Er besah sich erst die Umgebung, dann wieder das Tor, für eine Sekunde wirkte er so, als wolle er hindurch schreiten, wich dann aber doch noch davor zurück.

„Lass uns einen anderen Weg suchen", beharrte er, wobei ihm sein innerer Kampf deutlich anzusehen war.

„Für Lebende gibt es keinen anderen Weg hinein", entgegnete Lysias. „Und als Toter würde ich nicht versuchen wollen, in den Tartaros zu gelangen."

Ihre Debatte wurde durch einen schrillen Schrei unterbrochen, der Lysias Gänsehaut bescherte. Beide blickten auf zum schwarzen Himmel über ihnen.

„Harpyien", zischte Reon, der sich noch nach Deckung umsah, während Lysias bereits erkannt hatte, dass es keine gab. Sie standen auf einer freien, leeren Wiese mit nichts außer einem gewaltigen Tor.

Mit ihren weißen Bäuchen zeichneten sich die Harpyien deutlich gegen den schwarzen Himmel ab. Vier von ihnen kreisten kreischend und spuckend über ihnen, nur um dann gleichzeitig hinabzustoßen.

Von unten hatten die Bestien klein gewirkt, vielleicht achtzig Zentimeter groß und hässlich, aber nicht furchteinflößend. Als Lysias von einer Harpyie im Sturzflug getroffen und von den Beinen gefegt wurde, korrigierte er diese Einschätzung. Nicht nur waren die Harpyien größer, als er geschätzt hatte – etwa so groß wie eine gewöhnliche Frau – sie waren auch sehr viel gefährlicher als gedacht.

Ihre Gestalt war insgesamt die einer älteren Frau, der die Bitterkeit ins Gesicht geschrieben stand, von dem Raubvogelschnabel anstelle ihres Mundes einmal abgesehen. Die Beine jedoch endeten in drei Klauen mit spitzen, tödlichen Krallen. Die Arme waren mit grünlichen Federn bedeckt, die entblößten Brüste schaukelten bei jeder Bewegung.

Die Harpyie riss den Schnabel auf und stieß einen unsäglich furchtbaren Schrei aus. Lysias wollte sich hinkauern und die Hände auf die Ohren pressen, um die Qual wenigstens ein bisschen zu lindern. Doch dann hätte er dem Biest seinen ungeschützten Nacken dargeboten, was angesichts ihres Schnabels, der zum Reißen von Fleisch gedacht war, nicht in seinem Sinne läge.

Während Lysias noch schockstarr zurück taumelte, war Reon bereits mit gezogenen Schwertern zum Gegenangriff übergegangen. Dank seiner göttlichen Reflexe war er dem Zusammenprall mit dem geflügelten Biest entgangen.

Mit einem Schrei stürzte sich die Harpyie, die eben noch Lysias aus gemeinen Raubvogelaugen angestarrt hatte, auf das Götterkind. Reon erwischte sie mitten im

Sprung. Seine Klinge grub sich tief in den Körper der Harpyie. Grünes Blut spritzte aus der Wunde.

Schreiend und heulend wand sie sich am Boden, bevor sie dem Todeskampf schließlich erlag.

Lysias blieb keine Zeit, das tote Ungeheuer zu begutachten. Eine weitere Harpyie war vom Himmel herab gestoßen und hatte sich in seine Schulter gekrallt. Der Lärm ihres Geschreis zerriss ihm das Trommelfell.

Hektisch tastete Lysias nach seinem Dolch, doch noch bevor er ihn gefunden hatte, hatte die Harpyie sein Ohr mit dem Schnabel gepackt und zerrte nun daran. Er schlug nach ihr, doch anstatt wegzuflattern, grub sie ihre Klauen nur noch tiefer in sein Fleisch, um sich festzuhalten.

Lysias bekam den Dolch zu fassen und stach blindlings auf sie ein. Die Klinge streifte wirkungslos ihr Gefieder, bevor er es noch einmal versuchte und die Spitze diesmal in ihre Flanke trieb.

Augenblicklich lösten sich die Klauen der Harpyie aus seiner Schulter, von seinem Ohr wollte sie sich jedoch nicht trennen. Wild flatternd versuchte sie, es mitzunehmen; Flügel trafen Lysias ins Gesicht. Sich um sich selbst drehend kniff er die Augen zusammen, konnte das Biest jedoch nicht abwehrend.

Mit einem furchtbaren Siegesschrei riss die Harpyie sein Ohr ab. Noch ehe er sie zu fassen bekam, flog sie hoch, das Ohr fest im Schnabel. Ihre bösen Augen blitzten hasserfüllt.

Zu schnell, als dass man ihn hätte kommen sehen, sprang Reon vor. Seine Klinge glitt durch den Hals der Harpyie wie durch warme Butter. Als ihr Kopf zu Boden fiel, stand der bösartige Ausdruck noch auf ihrem Gesicht.

Kopflos zuckte ihr Körper herum, flügelschlagend torkelte er, bis er umfiel und einige Sekunden später zuckend liegenblieb.

Zu Reons Füßen lag eine dritte tote Harpyie, deren Schädel von seinem Schwert gespalten worden war. Der Göttersohn war nicht einmal außer Atem geraten.

Die verbliebene Harpyie hüpfte aufgeregt kreischend zurück, starrte für eine Sekunde auf ihre toten Schwestern und schwang sich dann wieder in die Luft.

Blind vor Schmerz blinzelte Lysias in ihre Richtung.

„Sie darf nicht entkommen!", rief er Reon zu. „Sie wird die Götter alarmieren!"

Reon zögerte keine Sekunde. Er sprang vor, sein Schwert sirrte durch die Luft, bis selbst die Konturen seiner Hände zu verschwimmen schienen, so schnell schwang er es. Doch die Klinge wirbelte nur ein paar Federn auf. Die Harpyie stieg zu schnell in die Luft auf.

„Sie entkommt!", schrie Reon, der mit einem hilflosen Sprung noch vergeblich versuchte, die Harpyie zu erreichen.

Der Schrei des Biests wurde zu einem bösartigen Lachen, so laut, dass es weit über die Ebene getragen wurde. Sie spuckte auf die beiden Männer hinunter, direkt gefolgt von einem übel stinkenden Kothaufen, der nur knapp neben Reon auf den Boden platschte.

Eine Hand auf die Reste seines abgerissenen Ohrs gepresst, besann Lysias sich. Der Schmerz ließ ihn taumeln, doch er zwang sich, sich lange genug zusammenzureißen, um seine Fähigkeiten unter Kontrolle zu bekommen.

Unter dem erschrockenen Kreischen der Harpyie verwandelte er sich, wurde größer und größer, bis er die Spitze des Tores zum Tartaros deutlich ausmachen konnte. Sein Hals wurde länger, Schuppen überzogen seine Haut und aus seinem Gesicht wurde die furchterregende Schnauze eines Drachen.

Aus dem Lachen wurden panische Rufe, als die Harpyie sich weiter in die Höhe schwang. Doch Lysias hatte sie fest im Blick. Sein Kopf schnellte vor, Rauch entstieg seinen Nüstern.

Mit einem einzigen, gewaltigen Biss zerquetschte er die Harpyie zwischen seinen Zähnen. Sie stieß einen letzten Kreischer aus, bevor die Zähne ihren Schädel zermalmten.

Grünes, zähflüssiges Blut lief Lysias' Kiefer hinab. Er spuckte aus und sah den zermatschten Körper der Harpyie unter sich in die Tiefe fallen. Er spürte seine Kräfte rapide abnehmen. Es gelang ihm kaum, sich schnell genug zurückzuverwandeln, bevor schwarze Punkte vor seinen Augen zu tanzen begannen.

Druck lastete schwer auf seinem Trommelfell. Er wollte sich hinlegen, nur eine Minute, bis er wieder bei Kräften war. Eine Hand hielt er auf sein zerfetztes Ohr gepresst. Er spürte das heiße Blut auf seinen Fingern.

„-sias! Lysias!" Reons panisches Rufen holte ihn zurück in die Gegenwart, gefolgt von einer unsanften Ohrfeige.

„Das war nicht nötig!", ächzte Lysias, doch dann sah er, worauf Reon so hektisch zeigte.

Über ihnen hatte sich ein ganzer Schwarm Harpyien gesammelt, die nur auf die Gelegenheit warteten, auf sie herab zu stoßen und sie zu zerfleischen. Ihr Lärm schien die gesamte Unterwelt zu erfüllen.

„Durch das Tor!" Der Schwung, mit dem Reon Lysias auf die Beine zog, raubte ihm für einen Moment die Sicht.

Blindlings stolperte er voran, Schritt für Schritt für Schritt, durch das Tor und hinein in den Tartaros.

Kapitel 9

Zuerst bemerkte Lysias die Stille, die auf seinen Ohren lastete. Für einen Moment befürchtete er, taub geworden zu sein, doch dann registrierte er Reons schnellen Atem neben sich.

Äußerlich schienen sie sich nur einen Schritt über die Schwelle des Tores bewegt zu haben, doch der Ort, der sie dahinter erwartete, erfüllte Lysias mit Unruhe. Es war, als wäre die Farbe aus der Welt verschwunden. Das Gras unter ihren Füßen war noch immer grün, es fühlte sich nur nicht mehr wie Grün an, sondern wir Grau.

Sie hatten den Tartaros erreicht, den tiefsten Teil der Unterwelt. Den Ort der Gottesfrevler und Sünder.

„Wie geht es deinem Ohr?", fragte Reon nach langen Sekunden der Stille. Kaum dass er zu sprechen aufgehört hatte, wurde die unnatürliche Ruhe Lysias wieder bewusst. Es wäre ihm lieber gewesen, Reon hätte einfach weitergeredet.

„Ich kümmere mich darum", versicherte er. Mit der Fingerspitze zeichnete er den zerfetzten Rand nach und eine halbe Minute später befand sich ein neues Ohr an der Stelle des alten.

Lysias bemerkte, wie seine Finger vor Anstrengung zitterten. Die plötzliche Verwandlung hatte ihn erschöpft, doch Peirithoos' Schicksal stand ihm noch zu deutlich vor Augen, als dass er es gewagt hätte, sich hinzusetzen und Pause zu machen.

„Die Harpyien haben uns jetzt definitiv bemerkt", murmelte Reon. Er warf einen Blick hinauf zum Himmel, doch bis in den Tartaros waren die Harpyien ihnen nicht gefolgt.

„Dann müssen wir uns eben beeilen", erwiderte Lysias. Seine Stimme klang erbärmlich schwach. Es war eine furchtbare Idee gewesen, herzukommen. Und obwohl er Schmerzen hatte durchleiden müssen, fühlte er sich doch lebendiger als jemals zuvor in den letzten dreihundert Jahren. Also vielleicht war es doch nicht ganz so furchtbar, überlegte er im Stillen.

„Wir sollten lieber eine Pause einlegen."

„Damit wir enden wie Theseus und Peirithoos? Ich verzichte. Ich habe gerade erst ein Ohr verloren, mir steht daher nicht der Sinn nach weiteren abgehackten Körperteilen!"

„Du bist erschöpft", argumentierte Reon dagegen. „Eine Pause würde dir gut tun."

„Wenn ich es nicht besser wüsste, würde ich denken, du willst, dass wir erwischt werden!", zischte Lysias. Daraufhin verstummte Reon für eine ganze Weile.

Sie stapften mangels anderer Orientierungspunkte einfach geradeaus, das Tor zum Tartaros immer im Rücken. Obwohl optisch kein Gefälle zu erkennen war, fühlte es sich an, als würden sie abwärts steigen.

Lysias blinzelte ein paar Mal. Er konnte immer noch alles klar erkennen, dennoch drängte sich ihm der Eindruck auf, dass es dunkler geworden war. Die Kräfte, die hier unten am Werk waren, überstiegen seinen Verstand.

„Ich bin nur davon überrascht worden, dass eine kleine Harpyie dich schon so aus dem Gleichgewicht bringen kann", sagte Reon schließlich in das Schweigen hinein. Auch er schien sich unwohl zu fühlen und hatte den Kopf zwischen die Schultern gezogen.

„Sie hat mich nicht aus dem Gleichgewicht gebracht. Ich habe sie gefressen, falls dir das entgangen ist."

„Aber es war knapp." Reons Finger glitten die Schwertscheide hinab. Lysias konnte nicht bestreiten, wie gut sich der Göttersohn im Kampf gegen die Bestien geschlagen hatte.

„Du solltest dich selbst nicht so wichtig nehmen. Ich könnte deine Schwester auch im Alleingang retten, aber ich finde es unterhaltsamer, mit einem Sidekick unterwegs zu sein."

Bei diesen Worten rollte Reon die Augen.

„Sei ganz ehrlich, Lysias – sind deine Kräfte hier unten geschwächt?"

„Natürlich sind sie das, das hier ist das Reich der Götter und ich bin nur ein Mensch." Dieses Gespräch begann, Lysias zu langweilen. „Aber es gibt dennoch keinen Grund, sich Sorgen zu machen. Selbst gefesselt und mit verbundenen Augen könnte ich den Göttern hier in den Arsch treten. Glaub nicht immer dem ersten Gedanken, der dir in den Sinn kommt."

Reon runzelte die Stirn. Er schien beleidigt zu sein.

„Ich verstehe immer noch nicht-", setzte er an, doch Lysias fiel ihm ins Wort.

„Wenn du es noch immer nicht verstehst, werde ich es dir auch nicht erklären, Greenhorn. Du bist zu jung, um es zu begreifen. Wärst du so alt wie ich, wüsstest du, wieso. Ich habe es dir deutlich genug gesagt."

Sie wanderten in angespanntem Schweigen dahin. Reon unternahm keinen Versuch mehr, ein Gespräch zu beginnen, was Lysias tatsächlich ein wenig schade fand. Abgesehen von seiner offensichtlichen Ignoranz hielt Lysias ihn eigentlich für einen angenehmen Mitreisenden.

Zeit als Konzept schien an diesem Ort zu verschwimmen. Lysias hätte nicht schätzen, geschweige denn genau bestimmen können, wie lange sie einfach geradeaus wanderten. Das Tor war längst aus ihrem Sichtfeld verschwunden und auch sonst bot das Gelände keine Möglichkeit, sich zu orientieren. Sie konnten nur hoffen, dass sie immer noch auf Kurs waren.

Nach einer Weile fiel Lysias auf, dass sich der Untergrund, auf dem sie gingen, verändert hatte. Waren sie vorher noch über eine grasbewachsene Hügellandschaft gewandert, erwies sich der Boden jetzt wieder als härter. Unter dem spärlichen Bewuchs verbarg sich ein grauer Steinboden.

„Da vorne ist etwas", verkündete Reon. Seine Stimme klang ganz rau, als hätte er sie für eine sehr lange Zeit nicht mehr verwendet.

Angestrengt starrte Lysias in die Ferne, doch es dauerte noch eine Weile, bis er erkennen konnte, was es war. Ein verfallenes Gebäude, aus dem Rauch aufstieg. Die Steinsäulen ragten mehrere Meter in den Himmel, doch das Dach war längst eingestürzt und die Einzelteile bedeckten den Boden. Auf einem niedrigen Altar thronte eine Opferschale, in der Weihrauch verbrannt wurde.

Um den verfallenen Tempel herum scharrten sich düstere Gestalten, von denen ein beständiges Wehklagen ausging, das beinahe wie in Ästen heulender Wind klang. Im Gegensatz zu den Schatten waren dies hier vollständige Menschen, doch sie alle trugen schmutzige Kutten, deren Kapuzen sie weit ins Gesicht gezogen hatten.

„Sieht aus, als müsste ihr jemand Buße tun", scherzte Lysias. Ohne Furcht trat er mitten hinein in die Gruppe der Sünder, die ihn kaum eines Blickes bedachten.

Plötzlich regte sich einer der Sünder, zog seine Kutte zurück und entblößte ein Gesicht, das einem Totenschädel ähnlicher war als einem Lebenden. Es war nicht nur bleich, es schien überhaupt keine Haut mehr zu besitzen, einzig die von roten Adern durchzogenen Augäpfel blickten träge aus den Knochen hervor.

„Du hier!", zischte die Gestalt und schüttelte in einer wenig bedrohlichen Geste die knochige Faust.

Lysias, der keine Ahnung hatte, mit wem er es hier zu tun hatte, wich sicherheitshalber einen Schritt zurück. Es war eine Sache, die Lebenden gegeneinander auszuspielen, eine andere jedoch, den Zorn der Toten auf sich zu ziehen.

„Kennen wir uns?", fragte er in einem betont desinteressierten Tonfall, während er mit spielender Leichtigkeit dem ungelenken Schlag des Toten auswich. Nun gut, vielleicht musste er sich um den Zorn dieses Toten doch keine Gedanken machen.

„Mörder!", ereiferte sich der Tote, der gerade zu einem weiteren Schlag ausholte, als Reon in einer blitzschnellen Bewegung sein Schwert zückte und es dem Toten vor die Brust stieß.

„Das reicht!"

Lysias wusste nicht, ob Reon tatsächlich in der Lage wäre, jemanden zu verletzen, der bereits tot war, doch herausfinden wollte er es eigentlich nicht.

„Ich glaube, ich erinnere mich an dich", überlegte er laut, nachdem er den Totenschädel eindringlich gemustert hatte. „Du bist Dionysios von Syrakus. Du bist derjenige, der unserer heutigen Definition von Tyrann zugrunde liegt."

„Mörder!", spie der Mann erneut hervor. „Herrscher von Syrakus war ich mal. Aber du hast mir das genommen!"

„Das ist über zweitausend Jahre her." Lysias winkte ab. „Ich kann nicht glauben, dass du mir das immer noch nachträgst, geschweige denn, dass du dich überhaupt daran erinnerst."

Etwas verwirrt ließ Reon das Schwert wieder in die Schwertscheide gleiten. Er schien ebenfalls zu der Überzeugung gekommen zu sein, dass Dionysios keine ernstzunehmende Bedrohung darstellte.

„Wer genau ist das?"

„Ein ehemaliger Tyrann von Syrakus. Der erste in der Geschichte, der diesen Titel wirklich verdient hat. Du weißt schon, private Miliz, Staatsstreich, Propaganda... die ganze Palette."

„Ich war ein Held! Gottgleich!", ereiferte sich Dionysios sofort. „Ich habe Staaten geschaffen! Die stärkste Militärmacht der Welt aufgebaut! Und er hat mich ermordet!" Sein ausgestreckter, knochiger Finger deutete auf Lysias.

„Ich habe viele Tyrannen ermordet. Heinrich der Vierte, Napoleon, ein paar Päpste, Stalin... Du bist nichts Besonderes." Lysias war dieses Gespräch jetzt schon leid.

„Du hast Stalin getötet?" Eine Mischung aus Unglauben und Bewunderung stand dem Götterkind ins Gesicht geschrieben.

„Irgendjemand musste es tun. Dieser Kerl hat mir den Rang abgelaufen." Lysias wandte sich ab, doch Dionysios schien noch nicht bereit, das Thema ruhen zu lassen.

„Seit zweitausend Jahren büße ich hier unten für meine Taten- He, bleib hier!"

Lysias hatte sich wieder in Bewegung gesetzt und war auf dem Weg zum Ausgang des Tempels. Reons Schwester würden sie hier ohnehin nicht finden, daher gab es keinen Grund, ihre Zeit zu verschwenden. Reon holte zu ihm auf.

„Du bist doch gar nicht so böse, wie du tust", grinste er.

Irgendetwas in Lysias zerbrach bei diesen Worten. Schneller, als selbst Reon hätte reagieren können, wirbelte er herum. Reons Knochen knackten gefährlich, als Lysias ihn schwungvoll gegen die Wand drückte, und wäre er kein Götterkind gewesen, wären seine Rippen sicherlich durchgebrochen.

Die reumütig betenden Sünder, die ihnen selbst bei Dionysios' Aufstand keine Aufmerksamkeit hatten zukommen lassen, hielten nun in ihren gemurmelten Gebeten inne und blickten auf. Alle Blicke waren auf die Szenerie vor gerichtet, die sich ihnen nun bot.

Lysias' Hand lag um Reons Hals und es hätte nicht viel gefehlt, bis er zugedrückt hätte. Er spürte den rasenden Puls unter seinen Fingern und blickte in die geweiteten Pupillen des Göttersohns.

„Ich bin keiner von den Guten!", knurrte Lysias. Die Muskeln in seinem Arm waren bis zum Zerreißen gespannt, so hart stemmte sich Reon gegen den Angriff. Vergeblich versuchte er, Lysias von sich zu drücken, war dem Widersacher der Götter jedoch unterlegen.

„Sag das nie wieder!", fuhr Lysias fort und seine Lautstärke steigerte sich mit jedem Wort. „Hör auf, mich auf deine Seite ziehen zu wollen – wir sind nicht gleich, nicht einmal ähnlich! Ich bin der Erzfeind der Götter und ich helfe dir aus reiner Freundlichkeit!"

Reon ächzte schmerzlich. Er drehte den Kopf und wand sich, bis er wieder zu Atem kam. Lysias' Finger hinterließen dunkelblaue Blutergüsse auf seinem Hals.

„Ich habe dich das Beste von mir sehen lassen." Lysias spürte, wie Reißzähne aus seinem Kiefer hervorbrachen, die seine Sprache beeinträchtigten. Die Furcht auf Reons Gesicht ließ ihn das jedoch in Kauf nehmen. „Zwing mich nicht dazu, dir das Schlechteste zu zeigen!"

„Lass....mich los!", brachte Reon zwischen den verzweifelten, tiefen Atemzügen hervor.

Knurrend ließ Lysias von dem Göttersohn ab. Er merkte, dass seine Finger zu Krallen geworden waren, die sich schmerzhaft in seine Handflächen gruben.

„Was ist dein Problem?", röchelte der Göttersohn. „Dass du ein Held sein könntest? Ein guter Mensch?"

Der widerspenstige Ausdruck auf seinem Gesicht reizte Lysias dazu, ihm die Nase einzuschlagen. Er hielt sich gerade so davon ab.

„Die Götter haben versucht, aus mir einen Helden zu machen!" Seine Stimme klang wie ein tiefes, donnerndes Knurren. „Und wohin hat mich das geführt? Seit Jahrtausenden versuchen Götter, ihre Boten und ihre Brut, mich zu vernichten! Ich bin kein Held und ich wollte es niemals sein."

„Es ist so viel leichter, sich hinter dem Bild eines Schurken zu verstecken, nicht wahr? Hinter dem eines Tyrannen." Reon spuckte aus. Er hatte sein Schwert gezogen, jederzeit bereit, Lysias abzuwehren, jedoch nicht bereit, seine aufmüpfige Haltung abzulegen.

„Ich hatte niemals den Anspruch an mich selbst, ein Held zu sein oder irgendjemanden zu retten. Ich will einfach nur meinen Spaß haben. Reiner Egoismus."

„Aber wozu?" Reon ließ sein Schwert ein Stück sinken. „Du könntest ein gefeiertes Symbol der Menschheit werden. Du könntest-"

„Aber ich will nicht!" Lysias' Stimme donnerte durch den Tartaros wie ein Erdbeben. Die Toten lugten unter ihren Kapuzen hervor, furchtlos, denn sie hatten das Schlimmste bereits durchgemacht und konnten sich kein schrecklicheres Schicksal vorstellen.

„Vergleich dein Leben als geliebter Sohn der Götter nicht mit meinem! Tu nicht so, als hättest du die Schlachten geschlagen, in denen ich gekämpft habe! Du weißt nicht, wie es ist, ein gottloses Leben zu führen. Du weißt nicht, wie es ist, alles für die Götter aufgeben und dann von ihnen verstoßen zu werden!"

Lysias' Wut wurde physisch spürbar, wie eine dunkler, kochender Nebel, der sich über die Ruine des Tempels senkte.

„Aber vielleicht kannst du das noch gar nicht verstehen, Greenhorn. Vielleicht musst du erst mehr verlieren, bis du deine Meinung von mir änderst. Deine Ehre, deine Familie, deine Schwester..."

Das Sirren der Klinge klang noch in Lysias' Ohren nach, als die Spitze des kühlen Metalls zwischen seinen Augen gegen seine Stirn drückte. In Reons Blick lag Mordlust. Der Beschützerinstinkt dieses Greenhorns war wirklich nicht von dieser Welt.

„Fass meine Schwester an und ich schneide dir die Kehle durch!", fauchte er und wäre er nicht gerade erst den Windeln entwachsen, hätte es sogar bedrohlich geklungen.

„Das haben schon zu viele versucht, als dass ich mich vor dieser Drohung noch fürchten würde", spöttelte Lysias.

Die Klinge verschwamm zu nicht viel mehr als einem silbernen Schweif, doch Lysias reagierte schneller. Mit einem gezielten Tritt direkt gegen Reons Handgelenk beförderte er das Schwert durch die Luft, bis es einen Meter entfernt auf dem Steinboden landete.

Reon ließ sich von dem Verlust seiner Waffe nicht aus der Ruhe bringen. Mit einem Kampfschrei warf er sich nach vorne und versuchte, Lysias zu Boden zu reißen. Für einige Sekunden rangen die beiden Männer, Lysias in der Umklammerung des jüngeren Mannes.

Die Toten hatten sich in einem Halbkreis um sie geschart, ihre Augen unter den Kapuzen verborgen. Es war unmöglich einzuschätzen, für welche Partei sie sich aussprachen.

Würgend rammte Lysias Reon den Ellbogen in den Bauch, zwei-, drei-, viermal, bis er irgendein empfindliches Organ erwischte, sodass Reon von ihm abließ. Japsend taumelten die beiden Männer auseinander, bedachten einander mit feindseligen Blicken, starteten aber beide keinen weiteren Angriff.

Lysias ließ seine Klauen und Reißzähne verschwinden und klopfte betont lässig seine Kleidung ab. Auch Reon richtete sich aus seiner angespannt vorgebeugten Haltung auf. Nachdem er Lysias einen langen, abschätzigen Blick zugeworfen hatte, wagte er es, die Augen von seinem Kontrahenten zu nehmen, um das Schwert aufzuheben.

„Lass uns weitergehen, anstatt uns hier zu balgen wie Schulkinder", schlug Lysias so diplomatisch wie möglich vor. Reon nickte knapp.

Enttäuscht wandten die Toten sich ab, um sich wieder um den Altar zu scharen. Selbst Dionysios wurde nicht weiter ausfallend, obwohl er den beiden Männern immer wieder Blicke über die Schulter zuwarf, während diese sich entfernten.

„Es ist dieser Ort", sprach Reon nach einer Weile. Seine Angewohnheit, ständig in angespannte, fast feindselige Stille hinein zu sprechen, provozierte Lysias erneut.

„Was?", hakte er unwillig nach, um seinen guten Willen zu demonstrieren.

„Der Tartaros ist ein Ort der Strafe. Man kann sich hier nicht gut fühlen", erklärte Reon, den Blick vor sich auf den Weg gesenkt. „Tut mir leid, dass ich mich habe hinreißen lassen. Das war dumm."

Lysias seufzte schwer.

„Ich weiß deinen heldenhaften Großmut, über deinen Stolz zu springen und dich zu entschuldigen, durchaus zu schätzen. Aber wir wissen beide, dass du diesen Kampf nicht hättest gewinnen können. Also lass uns einfach schweigen und deine Schwester finden, Greenhorn."

Reon warf ihm einen langen, nachdenklichen Blick zu. Dann nickte er und damit war die Sache erledigt.

Kapitel 10

Der Weg fiel nun steiler ab, als würden sie sich dem tiefsten Punkt einer gewaltigen Grube nähern. Felsbrocken durchzogen die Landschaft mit hässlichen Kratern, als litte der Grund selbst an den Pocken.

„Es wird wärmer", merkte Reon an, als hätte Lysias das unter den etlichen Schichten Kleidung, die er trug, nicht schon selbst bemerkt.

„Wir nähern uns den Sündern, die ihre Strafe noch nicht abgesessen haben", entgegnete der Widersacher der Götter unbeeindruckt.

Dionysios von Syrakus war schon so lange hier unten gefangen, dass er in den Flammen genug gelitten hatte und jetzt im Tempel Buße tun musste, bevor er erneut vor das Totengericht treten durfte. Doch hier, in diesem unheilvollen Krater, der alles einzusaugen schien, was sich ihm näherte, verblieben die Frevler, deren Taten noch nicht abgegolten waren.

Sie näherten sich einem gewaltigen Abgrund, aus dem Dunkelheit auszutreten schien, die sich als zäher Nebel zu ihren Füßen sammelte. Die gegenüberliegende Seite der Erdspalte war selbst für Reon nicht zu erkennen.

Vorsichtig beugte Lysias sich über den Rand. Halb erwartete er, nur Schwärze zu sehen, doch der Anblick, der sich ihm stattdessen bot, verschlug ihm die Sprache.

Der Phlegethon wirkte wie ein harmloses Rinnsal im Vergleich zu den endlosen, flammenden Fluten unter ihnen. Vereinzelt ließen sich schwarze Eilande erkennen, die Zuflucht vor den Qualen des Feuers boten. Doch die Frevler und Sünder machten keinerlei Anstalten, diese zu erreichen.

Lysias konnte den Lärm der Schmerzensschreie, der dort unten herrschen musste, nur erahnen. Eigentlich war er nicht sehr erpicht darauf, sich dem Meer der Qualen zu nähern, doch Reon suchte bereits nach einem Weg hinab.

„Kannst du deine Schwester irgendwo entdecken?", fragte Lysias missmutig. „Ich habe kein Interesse daran, ziellos durch einen brennenden Ozean zu stapfen. Davon hatte ich für einen Tag genug."

Er konnte nicht sagen, ob sie wirklich an diesem Tag den Phlegethon durchquert hatten; Zeit war ein Konzept, das er lange hinter sich hatte lassen müssen, um an diesen Ort zu gelangen.

„Wir haben nicht wirklich eine andere Wahl, als nachsehen zu gehen. Denk daran, dass die Harpyien jeden Moment den Göttern von unserer Anwesenheit erzählen könnten", erinnerte der Göttersohn ihn. Lysias hasste, dass er Recht hatte.

„Na schön! Wie kommen wir nach unten, Greenhorn?"

„Es gibt eine Treppe." Reon deutete auf einen Punkt an der Felswand und als Lysias konzentriert die Augen zusammenkniff, konnte er die Umrisse einer schmalen Treppe ausmachen, die wenig kunstvoll in den Stein gehauen war.

Er wollte seine Sicherheitsbedenken äußern, doch Reon war bereits voran geeilt und hatte mit schnellen Schritten den Abstieg angetreten. Seufzend folgte Lysias ihm.

Die Treppenstufen erwiesen sich als noch schmaler, jetzt, da er sie benutzen musste. Er war gezwungen, seine Füße quer zu stellen und sehr unelegant von Stufe zu Stufe zu hüpfen, um nicht das Gleichgewicht zu verlieren.

Beim Betreten der Unterwelt hatte er geglaubt, in die Hölle hinab zu steigen, aber nun wurde Lysias bewusst, dass sie sich bisher noch auf sicherem Grund bewegt hatten. Jetzt jedoch näherten sie sich dem tiefsten Punkt des Tartaros, einem Ort, der die Bezeichnung Hölle mehr als jeder andere verdient hatte.

Unter ihnen wanden sich Menschen und Bestien gleichermaßen in den Flammen. Ihre Schreie der Qualen klangen wie ein furchtbarer, dissonanter und dennoch von einer überirdischen Macht dirigierter Chor.

Hatte die Hitze des Phlegethon Lysias noch die Haut versenkt, war dieser Ort hier so heiß, dass es sich schon wieder kalt anfühlte, als könnten seine Nerven mit einer solchen Hitze nicht umgehen.

Reon war so eilig unterwegs, dass Lysias ihn immer wieder kurz aus den Augen verlor. Er sorgte sich nicht wirklich deswegen; der Göttersohn hatte bewiesen, dass er insgesamt ganz passabel alleine zurecht kam.

Zähe Minuten später erreichte Lysias das Fußende der steilen Treppe. Reon war bereits voran gelaufen. Geschickt wie ein wildes Tier sprang er von einer aus der Lava ragenden Plattform zur anderen und bewegte sich so zwischen den Sündern umher.

Die Hitze verzerrte seine Umrisse, bis er irgendwo im Dunst des Meers der Qualen verschwunden war. Seufzend entschied Lysias, auf einer der steinernen Plattformen zu warten.

Seine Ohren waren inzwischen halb taub von dem unmenschlichen Lärm, den das Leiden der Sünder produzierte. Langsam ließ er den Blick wandern, wagte kaum zu atmen, da die heißen Dämpfe ihm die Atemwege versengten.

Dies war also der Ort, an dem er landen würde, sollte sich jemals ein Herausforderer finden, der ihm gewachsen wäre. Lysias fiel es schwer, ein unbewegtes Gesicht beizubehalten.

Alle diese Leute mussten zu ihren Lebzeiten bedeutend genug gewesen sein, um viel Leid anzurichten. Doch hier unten waren sie bis zur Unkenntlichkeit verbrannt, ihrer Würde beraubt und nicht viel mehr als Brennholz in einem gewaltigen Kamin. Nein, weniger noch als das, denn das Leid dieser Leute brachte keinerlei Nutzen. Es würde ihre Sünden im Leben nicht ungeschehen machen und diente höchstens noch der Belustigung oder der Erfüllung von Rachegelüsten der Götter.

Lysias spuckte auf den Boden dieser gewaltigen, sinnlosen Folterkammer, doch sein Speichel verdampfte, noch bevor er den Boden erreichte.

„Ihr bekommt mich niemals", sagte er zu sich selbst. „Eher vernichte ich meine Seele, als dass ich zulassen würde, dass ihr mich an diesen Ort schleppt."

Falls seine Worte zu irgendeiner Gottheit vordrangen, dann hätte es Lysias gefreut, doch er bezweifelte, dass es so war. Selbst ein Gott hätte in dem Lärm hier unten nichts hören können.

Ein paar Mal vergewisserte sich Lysias, dass seine Kleidung nicht Feuer fing. Er hatte nicht vor, sein Outfit dem Feuer zu opfern.

Ohne einen Laut näherte sich Reon. Immer wieder schien er auf dem Weg von Feuersäulen verschluckt zu werden, doch es gelang ihm stets, unbeschadet zur nächsten Plattform zu gelangen. Der Schweiß rann ihm in Strömen am Körper hinab; im Gegensatz zu Lysias hatte er keine Möglichkeit außer seinem göttlichen Blut, sich vor der Hitze zu schützen.

„Ich glaube, ich habe sie gefunden", japste er, kaum dass er wieder in Hörweite war.

„Sag mir nicht, um zu ihr zu kommen, müssen wir dieses riesige, brennende Schlammloch überqueren", seufzte Lysias theatralisch, der die Antwort doch schon längst kannte.

„Es ist nicht weit", versicherte ihm Reon und setzte sich prompt wieder in Bewegung. Anlauf nehmend näherte er sich der Kante der Plattform und mit einem weit ausholenden Sprung segelte er über den brennenden Untergrund hinweg. Unter ihm wand sich ein bis zur Hüfte in die Flammen eingesunkener Mensch. Er warf den Kopf in den Nacken und blickte zu Reon auf wie zu einer Engelserscheinung, doch der Göttersohn hatte den Sünder bereits wieder hinter sich gelassen.

Lysias bemühte sich, mit ihm Schritt zu halten, doch die Aussicht, an den brodelnden Feuersäulen vorbei zur Mitte des Meers zu gelangen, erfüllte ihn mit alles anderem als Freude.

Sprung um Sprung arbeiteten sie sich zur Mitte vor, wo es noch heißer zu sein schien als an den Rändern des Meers der Qualen. Hier reckte sich eine schwarze, instabil aussehende Steinsäule von etwa zwei Schritt Durchmesser einige Meter in die Höhe. Das Brodeln des flüssigen Feuers war hier noch ohrenbetäubender als die Schreie der Verdammten selbst, als wäre die Lava um sie herum ein lebendiges Monster.

„Dort oben?", vermutete Lysias unglücklich.

„Das sollst du herausfinden." Reon hatte grimmig die Arme vor der Brust verschränkt.

„Ich bin hier nicht derjenige, der mit Parcour über alle Hindernisse hinweg turnt, Greenhorn."

„Bitte tu es einfach. Wir sind so weit gekommen und ich will nicht noch länger diskutieren." Obwohl er bisher eine unermüdliche Energie an den Tag gelegt hatte, wirkte der Göttersohn bei diesen Worten so erschöpft, dass Lysias beinahe Mitleid mit ihm bekommen hätte. Zumindest, bis er sich daran erinnerte, dass Reon derjenige gewesen war, der sie nach hier unten geführt hatte.

Seufzend trat Lysias einen Schritt zurück, krempelte die Ärmel hoch und machte sich bereit. Seine Magie fühlte sich durch die Umgebung gedämpft an; wahrscheinlich war der Einfluss der Götter hier unten so stark, dass er erst dagegen ankommen musste.

Wenn er es sich recht überlegte, wäre hier unten im Tartaros wahrscheinlich der schlechtestmögliche Ort, um eine Konfrontation mit den Göttern zu suchen. Dies war ihr Reich und ihre Kräfte hier unten am stärksten. Ja, sie sollten sich wirklich beeilen, wieder nach oben zur Menschenwelt zurückzukehren.

Der Stein verbog sich unter seiner Macht. Knirschend und ächzend gab das uralte Gestein nach und formte sich unter Lysias' Willen zu einer steilen Treppe.

Reon zögerte keine Sekunde. Er nahm die ersten Stufen springend, bis es zu steil wurde und er mehr Vorsicht walten lassen musste. Von unten sah Lysias zu, wie der junge Halbgott aus dem Feuer emporstieg. Die Flammen spiegelten sich auf dem tödlichen Stahl seiner Waffen.

Diesmal musste Lysias nicht so lange auf Reons Rückkehr warten. Sekunden später erspähte er zwei rote Haarschöpfe durch den Dunst. Hand in Hand stiegen die Geschwister von der Steinsäule herab. Sie wirkten beide erschöpft, aber zufrieden.

„Sehr gut!" Lysias klatschte in die Hände. „Dann können wir diesem furchtbaren Ort ja endlich den Rücken zukehren und in angenehmere Gefilde zurückkehren."

Rowena bedachte ihn mit einem langen, skeptischen Blick, dann nickte sie. Aus der Nähe betrachtet waren die Geschwister einander wirklich ähnlich.

Lysias, der kein Interesse daran hatte, sich von einem Teenager für seine Lebensentscheidungen verurteilen zu lassen, wandte sich ab, nur um festzustellen, dass er sich an den Rückweg nicht erinnern konnte. Von hier aus konnte er nicht einmal ausmachen, an welcher Stelle der Rand der Grube am nächsten war.

Glücklicherweise übernahm Reon sofort die Führung. Er und seine Schwester sprachen kein Wort, zu sehr waren sie darauf konzentriert, nicht von den Feuersäulen erfasst zu werden.

Der Aufstieg die schmale Treppe am Rand der Grube hinauf erwies sich als noch qualvoller als der Abstieg. Lysias gewann den Eindruck, gegen jede Stufe kämpfen zu müssen, so schmal und unbequem erschienen sie ihm jetzt. Als würde der Abgrund ihn rufen, seine Vorsicht fallen zu lassen und zurück ins Meer der Qualen zu stürzen.

Lysias schluckte. Bei diesem Gedanken wollte er nur umso dringlicher wieder hinauf.

Im letzten Moment, bevor er mit ihr zusammengestoßen wäre, bemerkte Lysias, dass Rowena stehengeblieben war. Überrascht hob er den Kopf. Die Hitze hier oben war nicht ganz so unerträglich wie unten am Meer der Qualen und auch seine Sicht wurde hier weniger eingeschränkt.

Wenige Meter von ihnen entfernt, am Kopf der Treppe stand eine Frau. Sie trug ein leichtes Gewand, das sich vollkommen unabhängig von der Windstille zu bewegen schien. In ihren Augen lag eine niemals enden wollende Schwärze.

„Mutter", sagte Reon erstaunlich gefasst dafür, dass ihre Flucht gerade ein jähes Ende zu nehmen schien.

Lysias seufzte schwer. Heute lief wirklich alles schief.

„Kore? Die Göttin der Unterwelt ist eure Mutter? Ich hätte es wissen müssen."

Wie alle Götter trug auch Kore viele Namen, der bekannteste davon wohl Persephone. Doch sie selbst nannte sich Kore oder Kora, Tochter der Demeter und Herrin der Unterwelt.

Reon und Rowena blickten wie erstarrt zu ihrer Mutter auf, deren tiefschwarze Augen jedoch Lysias fixierten.

„Das hätte ich dir nicht zugetraut, Reon", hallte ihre Stimme über den Lärm des Meers der Qualen hinweg. „Den Widersacher der Götter hier unten in unser Reich zu locken, wo wir ihn endgültig vernichten können. Ich habe dich wohl wirklich unterschätzt, mein Sohn."

Kein Ausdruck der Welt hätte die Empörung, die Lysias bei diesen Worten empfand, angemessen wiedergeben können. Wie ein blutiger Anfänger war er auf einen solch billigen Verrat hereingefallen.

Reon machte keinerlei Anstalten, etwas zu sagen, er blickte Lysias nicht einmal ins Gesicht. Den Kopf hatte er zwischen die Schultern gezogen, als ahnte er, wie sehr es Lysias danach dürstete ihm diesen abzuschlagen.

Aber seine Rachegelüste mussten warten. Kore zu entkommen, war eine dringlichere Angelegenheit.

„Ihr solltet beten, dass wir uns niemals wiedersehen", zischte Lysias. Und noch ehe die Göttin der Unterwelt ihn davon abhalten konnte, sprang er von der schmalen Treppe in die Tiefe.

Er fiel durch heißen, alles versengenden Dampf. Das Meer der Qualen erstreckte sich unter ihm wie ein gewaltiger, brennender Schlund und Lysias konnte nur hoffen, die Entfernung richtig abgeschätzt zu haben, sodass er nicht im Wasser landen würde.

Wie eine Katze brachte er sich in Position, um auf allen Vieren zu landen. Seine Knie knackten, seine Knochen ächzten, als er aufprallte. Es gelang ihm gerade so, den furchtbaren Stoß abzufedern, doch er wusste, ihm blieb keine Zeit zur Pause.

Kore eilte Flüche ausstoßend nicht weit hinter ihm in einer unfassbaren Geschwindigkeit die schmale Treppe hinunter. Der nicht zu spürende Wind, der ihre Kleidung aufwirbelte, schien an Stärke zuzunehmen, bis er mehr einem Orkan glich.

Lysias sprintete los. Die Richtung war ihm gleichgültig, solange er sich nur von der aufgebrachten Göttin entfernte. Mit einer Leichtigkeit, die ihn selbst überraschte, sprang er von Plattform zu Plattform, umging die Feuersäulen und wich klagenden Sündern aus.

Er wähnte sich schon halb in Sicherheit und wagte daher einen Blick über die Schulter. Kore hatte den Fuß der Treppe erreicht und folgte ihm nun wie ein unheilvoller Schatten.

Lysias versuchte, die Entfernung zum gegenüberliegenden Ufer des Meeres der Qualen abzuschätzen. Selbst wenn er dort eine Möglichkeit zum Aufstieg fände, könnte er Kore auf dem offenen Meer nicht abschütteln. Sie würde ihn sehen und dann angreifen.

Ihm blieben nur noch wenige wertvolle Sekunden, um von der Bildfläche zu verschwinden, bevor die Göttin zu nahe wäre, um sie abzuschütteln.

Vor ihm bäumte sich zwischen zwei Plattformen unter brüllendem Getose eine Feuersäule auf, die innerhalb von Sekunden auf mehrere Meter Höhe anwuchs. Die einzige Deckung, die es auf der offenen Fläche gab.

Lysias holte tief Luft. Dann stieß er sich ab und sprang mitten in die brennende Säule hinein, ließ sich von deren alles verzehrender Macht erfassen und tauchte hinab in das Meer der Qualen.

Kapitel 11

Körperwarmes Wasser umgab Lysias, der vom Gewicht seiner Kleidung nach unten gezogen wurde. Rudernd blickte er auf, suchte die Oberfläche und wusste gleichzeitig, dass er diese so lange wie möglich meiden musste.

Das Meer der Qualen war von einem rötlichen, flackernden Leuchten durchzogen, das allerdings von unten, nicht von der Oberfläche auszugehen schien.

Lysias hatte erwartet, in kochendes Gestein zu fallen, doch stattdessen streckte er die Arme aus und schwamm wie durch einen stillen See. Er wagte nicht, den Mund zu öffnen, um zu kosten, worin er schwamm, war sich bald jedoch sicher, dass es sich um Wasser handeln musste.

Unter der Oberfläche waren die Schreie der Gepeinigten nicht mehr zu hören und je tiefer Lysias tauchte, desto lastender senkte sich die Stille auf seine Ohren.

Jenseits der steinernen, aus dem Wasser ragenden Plattformen fiel das Meer steil ab. Trotz des allgegenwärtigen Leuchtens konnte er den Grund an einigen Stellen nicht einmal erahnen. Er fragte sich, ob seine Silhouette von oben sichtbar wäre, doch da Kore ihn noch nicht eingeholt hatte, bezweifelte er es.

Sein nächster Gedanke galt der Frage, weshalb er sich nicht verbrannte wie all die anderen Sünder, die hier den ersten Teil ihrer Strafe absaßen. Die einzige Erklärung, die er fand, war jene, dass er noch nicht tot war und damit das gesamte Maß seiner Untaten im Leben noch nicht ermittelt worden war. Das Meer der Qualen bestrafte wohl nur die Toten.

Zur steilen Treppe zurückzukehren, an der wahrscheinlich die beiden verräterischen Götterkinder warteten, schied als Fluchtmöglichkeit aus. Lysias entschied, stattdessen zur gegenüberliegenden Seite zu tauchen und sich von dort aus einen Weg hinaus aus dem Kessel zu suchen.

Er schwamm mit kräftigen Zügen, unwillig, seine Kleidung für ein schnelleres Vorankommen zu opfern. Stattdessen verfluchte er lieber die Götterkinder, dann die Götter und schließlich sich selbst für die Dummheit, sich nach hier unten locken zu lassen. Sein Drang nach Abwechslung hatte ihn geblendet.

Zeit für Rache bliebe ihm später noch; vorher musste er den Tartaros verlassen.

Bald fiel er in einen Rhythmus. Er wusste nicht, wie lange es dauerte, das Meer der Qualen zu durchqueren, doch als er das andere Ufer des Kessels schließlich erreichte, war er sich sicher, den Delfinen bald Konkurrenz machen zu können.

Aus seiner aktuellen Position heraus war es Lysias nicht möglich, herauszufinden, ob Kore noch an der Oberfläche lauerte. Sicherlich hatte sie die Verfolgung nicht einfach so aufgegeben, aber ins Meer der Qualen wagte sie sich auch nicht.

Lysias blieb nichts anderes übrig, als das Risiko einzugehen. Behutsam tauchte er auf. Wasser lief ihm aus Haaren und seiner Kleidung. Am liebsten hätte er sich geschüttelt wie ein nasser Hund. Stattdessen ließ er den Blick wandern.

Die Plattformen in seiner unmittelbaren Nähe waren leer. Entfernt konnte er die Schreie der Verdammten hören, von Kore jedoch war keine Spur zu entdecken.

Er entstieg dem Wasser vollständig und hievte sich auf eine der Plattformen. Von dort aus schätzte er die Lage ein. Die Steilwand ragte unüberwindlich vor ihm auf, aber wenn es auf der anderen Seite eine Treppe gegeben hatte, dann hier vielleicht auch.

Lysias wanderte einige Minuten lang den Rand des Kessels entlang, wobei er darauf achtete, sich den Umständen entsprechend bedeckt zu halten. Die aufspritzenden Feuersäulen boten ihm dabei die beste Deckung, doch ihr Auftauchen erwies sich als unberechenbar.

Gerade als die Frustration die Oberhand zu gewinnen drohte, fiel Lysias' Blick auf einen schmalen Spalt in der Felswand. Der Spalt wäre breit genug, seinen Körper hineinzuschieben, also hielt der Widersacher der Götter eine Hand hinein und verschaffte sich dämmriges Licht, das von seinen Fingerspitzen aus erstrahlte.

Wie erhofft führte ein Gang steil nach oben. Er würde zwar in Kauf nehmen müssen, über einiges Geröll zu klettern, aber eine bessere Fluchtmöglichkeit bot sich ihm zur Zeit nicht.

Ächzend zwängte Lysias sich in den Spalt. Die Wände schienen ihn zu erdrücken, doch im Krebsgang gelang es ihm, einige Meter in den Berg zu kraxeln.

Erneut verfluchte er all die Umstände, die zu dieser Situation geführt hatten, musste sich den Atem bald jedoch sparen, um den Aufstieg bewältigen zu können.

Bald durchnässte nicht nur Wasser, sondern auch Schweiß seine Kleidung. Und als Lysias endlich die Oberfläche erreichte, sah er aus, als käme er aus den Kohleminen. In der Hoffnung, dass der Dreck ihm ein Mindestmaß an Tarnung böte, verzichtete er darauf, seine ohnehin angeschlagenen Kraftreserven dafür zu verwenden, sich zu reinigen, und begann den Rückweg.

Sein Orientierungssinn war dürftig, doch er wusste, solange er die Ruinen des Tempels fände, würde er auch den Weg zurück zum Tor finden.

Jedes Geräusch, mochte es noch so weit entfernt sein, ließ Lysias an diesem Punkt aufschrecken. Der Tartaros bot keinerlei Deckung oder Orientierung, daher konnte er sich nur auf sein Gefühl verlassen, in welche Richtung er wanderte.

Seine Beine fühlten sich bereits schwer an, als er in einiger Entfernung einen schwarzen Punkt ausmachen konnte, der aus der eintönigen Landschaft herausragte. Reon mit seinen göttlichen Augen hätte sicherlich erkennen können, worum es sich handelte, Lysias jedoch musste erst näher kommen.

Nach wenigen Minuten ging ihm auf, dass es sich nicht um den Tempel handeln konnte. Dieses Gebäude war deutlich größer und in einem anderen, moderneren Stil gehalten als der antike Tempel. Lysias entschied sich schließlich für Italien um 1200, wenn ihn sein Gedächtnis nicht täuschte.

Das Haus erwies sich als überdurchschnittlich prunkvoll, als hätte es mal einem Adligen oder einem reichen Kaufmann gehört. Obwohl es gut erhalten war, strahlte es eine düstere, verlassene Aura aus.

Lysias rang mit sich, ob er klopfen und damit auf sich aufmerksam machen sollte. Einerseits könnte es eine Falle sein, andererseits waren diejenigen, die im Tartaros eingesperrt worden waren, den Göttern sicherlich nicht gewogen. In dem Haus könnte ein potentieller Verbündeter warten.

Er klopfte.

Im Inneren des Hauses erklangen Schritte, die über einen knarrenden Holzboden eilten, dann wurde die Tür nach innen geöffnet. Lysias musste grinsen.

„Hierhin hat es dich also verschlagen, Dante Alighieri", sagte er zu dem Mann in dem roten Gewand. „Im Grunde ein passender Ort."

Dante verzog das Gesicht, musterte Lysias von Kopf bis Fuß, dann trat er einen Schritt zurück.

„Ich hätte nicht erwartet, dich noch einmal in diesem Leben wiederzusehen", entgegnete er.

„Technisch gesehen ist es nicht dieses Leben." Lysias schob sich an Dante vorbei ins Haus, bevor jemand draußen auf ihn aufmerksam werden konnte. „Du bist tot."

„Das ist mir sehr wohl bewusst. Ich frage mich dennoch, was dich hierher führt." Sein Gastgeber stand noch immer an der Tür, machte jedoch keinerlei Anstalten, Lysias hinauszuwerfen.

„Du hältst mich ohnehin für den Teufel", erwiderte Lysias schulterzuckend. „Dann sollte es dich doch nicht überraschen, mich hier zu sehen."

„Nach fünfhundert Jahren hier unten ist selbst mir aufgegangen, dass du keineswegs der Teufel bist." Endlich schloss Dante die Tür.

Das Innere seines Hauses war vollkommen leer, abgesehen von einem Schreibtisch, auf dem Papier, Tinte und eine Feder lagen. Lysias drehte sich zweimal ziellos im Kreis und entschied sich dann, einfach in der Mitte des Raumes stehen zu bleiben.

Im 13. Jahrhundert war Dante Alighieri der bedeutendste Schriftsteller und Philosoph seiner Zeit gewesen. Sein berühmtestes Werk, die göttliche Komödie, war der Welt bis heute ein Begriff. Wenige Leute wussten jedoch, dass Dante zur Inspiration tatsächlich in die Hölle hinabgestiegen war. Nicht ohne Lysias' Hilfe, musste dazu gesagt werden. Was Dante jedoch aus seinen Erlebnissen hier unten gemacht hatte, unterschied sich deutlich von der Wirklichkeit.

Als Lysias ihm angeboten hatte, diesen abenteuerlichen Trip zu unternehmen, hatte Dante ihn für den Teufel gehalten. Und es war Lysias zeitlebens nicht gelungen, ihn vom Gegenteil zu überzeugen.

Jetzt im Nachhinein konnte der Widersacher nicht recht erinnern, weshalb er Dante damals den Weg in die Unterwelt gezeigt hatte, aber sein vergangenes Ich hatte sicherlich Gründe dafür gehabt.

„Es wundert mich, dich hier unten zu sehen", gestand Lysias. „Was hast du zu deinen Lebzeiten getan, das einen Aufenthalt im Tartaros rechtfertigen könnte?"

„Ich bin freiwillig hier." Dante ließ sich auf dem einzigen Stuhl im Raum nieder, dem neben seinem Schreibtisch. „Da ich die Hölle vorher schon einmal besucht hatte, ist es mir gelungen, dem Totengericht zu entgehen und mich stattdessen auf eigene Faust hier zu bewegen. Dieser Ort hier schien mir ungestört genug, meinen Studien nachgehen zu können, ohne die Götter gegen mich aufzubringen."

„Sieh es mir nach, wenn ich diese Logik nicht verstehe." Lysias winkte ab, für solcherlei Überlegungen blieb ihm keine Zeit. „Die Götter sind hinter mir her. Ich muss den Tartaros so schnell wie möglich verlassen."

„Dir zu helfen würde nur dazu führen, die Götter auch gegen mich aufzubringen." Dante blickte zu ihm auf, das Gesicht unbewegt. „Ich helfe dir nicht."

„Ich habe dich weltberühmt gemacht und jetzt weigerst du dich, mir diesen kleinen Gefallen zu tun?" Dramatisch fasste Lysias sich an die Brust. „Das nenne ich undankbar."

Dante verzog keine Miene.

„Ich bin mir sicher, dein eigenes Verhalten hat dich in diese Lage gebracht, wer auch immer du sein magst. Wenn man dich mit dem Teufel verwechselt, wird das schon einen Grund haben."

„Hatten wir uns nicht bereits darauf geeinigt, dass es keinen Teufel gibt?" Lysias' Blick wanderte zum Fenster. Wenn er die Augen zusammenkniff, konnte er am Horizont etwas entdecken. „Sagst du mir wenigstens, was das da hinten ist?"

„Die Ruine eines alten Tempels. Die Toten wandern darin, daher halte ich mich von ihr fern", entgegnete Dante ungerührt. Er wirkte noch immer nicht erfreut über Lysias' plötzlichen Besuch.

„Du bist selbst tot", erinnerte Lysias den Mann erneut. Doch wenn er ehrlich war, wirkte Dante nicht tot. Er war ganz anders als die Schatten, die sonst die Unterwelt durchwanderten. Seine Umrisse waren klar erkennbar, er wusste sogar noch, wer Lysias war. Er hatte dieses Haus hier erbaut und arbeitete an seinen Studien.

„Möchtest du nicht wieder mit nach oben? Zurück in die Menschenwelt?", warf Lysias seinen letzten Köder aus. „Wenn die Götter dich so lange in Ruhe gelassen haben, könnte es ja sein, dass sie dich längst vergessen haben."

„Ich werde mich hüten, noch einmal eines deiner Angebote anzunehmen", zischte Dante, undankbar wie eh und je.

„Dir auch danke für das tolle Gespräch." Augenrollend steuerte Lysias die Tür an. Bevor er wieder hinaus trat, warf er einen letzten Blick zurück zu dem Mann am Schreibtisch. „Dein Gesicht wird da oben auf Münzen geprägt, weißt du? Man benennt Sterne und Denkmäler nach dir. Es würde dir gefallen."

„Ich habe mich einmal von dir zu etwas verführen lassen, Teufel", erwiderte Dante Alighieri nur. Lysias konnte kaum glauben, wie undankbar der Philosoph sein konnte. In seinem Stolz verletzt ließ er das Haus hinter sich, um schnurgerade über die Ebenen des Tartaros in Richtung des Tempels zu wandern.

Selbst die Leute, denen er im Endeffekt etwas Gutes getan hatte, schienen ihn im Tod zu verachten. Und genau aus diesem Grund bevorzugte Lysias es, auf der dunklen Seite zu stehen, mit falschen Karten zu spielen und nur seine eigenen Ziele zu verfolgen.

Die Rachsucht stieg wieder in ihm auf, wenn er daran dachte, wie leichtfertig er sich von dem Göttersohn in eine Falle hatte locken lassen.

„Ich hatte dich unterschätzt, Greenhorn", murmelte Lysias zu sich selbst, während er sein Ziel fest im Auge behielt. „Aber zweimal wirst du mich nicht übers Ohr hauen."

Die Schatten, die am Tempel Buße taten, beachteten Lysias nicht, als er vorbei ging. Selbst Dionysios warf ihm lediglich einige feindselige Blicke zu. Lysias hatte kein Interesse daran, sich mit ihnen zu unterhalten, stattdessen wandte er sich in Richtung des Tors, durch das er kurze Zeit zuvor den Tartaros betreten hatte.

Je näher er dem Ausgang kam, desto wachsamer wurde er. Kore würde ihn nicht einfach so aus der Unterwelt entkommen lassen und hier wäre der beste Ort, um Lysias abzufangen. Aber das hatte Reon seiner Mutter sicherlich auch längst geraten; der Junge war nicht dumm.

Lysias versuchte noch, sich zu erinnern, was mit dem Schlüssel geschehen war, den sie Barberini abgenommen hatten, als ihn ein plötzlicher Schauer erfasste. Schon seit er den Tartaros betreten hatte, folgte ihm eine kalte Furcht, wohin er auch ging, hier jedoch schien sie sich zum Höhepunkt zu steigern.

Hektisch blickte er sich um. Aus der Ferne konnte er beobachten, wie das gewaltige Tor aufschwang. Da es auf der gesamten Ebene keinerlei Deckung gab, ließ Lysias sich einfach flach auf den Boden fallen und verlieh seiner Kleidung einen erdigen, unauffälligen Look.

Nur den Kopf hob er vorsichtig an, um beobachten zu können, was sich am Tor ab-spielte. Kaum dass die beiden Flügel gänzlich aufgeschlagen waren, trat ein gewaltiger Mann hindurch, dessen Präsenz die gesamte Ebene zu erfüllen schien.

Majestätisch schritt er durch das Tor und die Erschütterung seiner Schritte war bis zu Lysias zu spüren. Kein Wunder, dass Barberini skeptisch geworden war, als Lysias ihm in seiner Verkleidung den Schlüssel abgenommen hatte. Seine Imitation stand weiter hinter dem echten Herrn der Unterwelt zurück.

Hades reckte den Kopf wie ein Bluthund und selbst über die weite Ebene hinweg bildete Lysias sich ein, das Geräusch seiner in der Schwertscheide klirrenden Waffe zu hören.

Aus seiner geduckten Position heraus konnte er sie nicht erkennen, doch es musste sich eine zweite Person bei ihm befinden. Hades' Stimme klang wie ein dumpfes Grollen, war jedoch zu undeutlich, als dass Lysias ihn hätte verstehen können. Wahrscheinlich erstattete Kore ihrem Ehemann Bericht.

Ein Laut, der sowohl ein Lachen wie ein Wutschrei hätte sein können, grollte durch den Tartaros. Vollkommen egal, was von beidem es letztendlich gewesen war, es bedeutete in jedem Fall schlechte Nachrichten für Lysias. Er spürte Hades' mächtige Schritte als Erschütterung im Boden.

Die Torflügel schlossen sich hinter dem Herrn der Unterwelt mit einem unheilvollen Geräusch. Auf diesem Wege gäbe es in absehbarer Zeit für niemanden eine Fluchtmöglichkeit aus dem Tartaros. Selbst Lysias wäre nicht so hochmütig, das zu versuchen.

Ein weiterer Schauer überfiel ihn. Mit einem Blick über die Schulter schätzte er ab, wie weit es zum Tempel wäre, seiner einzigen Deckung auf der Ebene.

Und angesichts der drohenden Gefahr entschied der Widersacher der Götter, dass es nicht zu weit wäre, um über den Boden dorthin zu kriechen.

Kapitel 12

M it einem unguten Gefühl in der Magengegend hatte Reon zugesehen, wie der Widersacher der Götter sich ins Meer der Qualen gestürzt hatte, Kore dicht auf den Fersen. Sein Blick folgte den beiden, bis Rowena nachdrücklich an seinem Arm zerrte.

„Verschwinden wir von hier", zischte sie, die Augen weit aufgerissen.

Reon brachte gerade so ein Nicken zustande. Im Eiltempo erklommen sie die restlichen Stufen und begannen, in die entgegengesetzte Richtung zum Meer der Qualen zu laufen.

„Du hast den Widersacher der Götter aber nicht wirklich bis hier runter in den Tartaros gelockt, oder?", fragte Rowena, die nach dem anstrengenden Aufstieg immer noch Atem zum Plaudern zu haben schien. Ihr Blick war stur nach vorne gerichtet, als wüsste sie ganz genau, wohin sie wollte.

„Eher versehentlich", gab Reon zu. Er hielt mit seiner Schwester Schritt, doch es fiel ihm deutlich schwerer als ihr. Er mochte gut sein, aber Rowena war brilliant. Sie bewegte sich mit einer ihr innewohnenden Göttlichkeit, die Reon selbst niemals würde erreichen können.

„Ich habe ihn um Hilfe für deine Rettung gebeten", fuhr er fort. Das Seitenstechen setzte bereits ein, doch keines der beiden Götterkinder machte Anstalten, langsamer zu werden. Die Schreie der Sünder waren weit hinter ihnen verklungen und die gräuliche Ebene bot keinerlei Orientierungspunkte. Dennoch trieb etwas Rowena unermüdlich voran und Reon blieb keine andere Wahl, als ihr zu folgen, wo auch immer sie hinstrebte.

„Das solltest du Mum so nicht sagen", riet seine Schwester ihm. Inzwischen bildeten sich auch auf ihrer Stirn Schweißtropfen. „Ich denke nicht, dass sie mich lange dort unten gelassen hätte. Sie will nur dafür sorgen, dass ich es beim nächsten Mal besser mache."

Reon musste daran denken, wie Lysias gegen die Harpyien gekämpft hatte. Ja, er hatte große Macht bewiesen, aber unüberwindlich hatte er dabei nicht gewirkt. Insgesamt drängte sich Reon im Nachhinein der Eindruck auf, dass Lysias bisher hauptsächlich durch dreistes Glück oder Reons beherztes Eingreifen überlebt hatte. Andererseits versuchten Götter, deren Kinder, Monster und Helden aller Geschlechter schon seit Jahrtausenden, ihn zu vernichten. Es musste also noch irgendetwas anderes geben, das er Reon bisher nicht offenbart hatte. Anders konnte der Göttersohn es sich nicht erklären.

„Du solltest sie nicht in Schutz nehmen", japste er. „Für sie sind wir nur Dreck auf der Windschutzscheibe, solange wir ihr nicht etwas anderes demonstrieren."

„Dafür wurden wir doch ausgebildet, oder nicht? Um Legenden zu werden." Rowena warf ihrem Bruder einen Blick über die Schulter zu. „Wenn Mum oder die anderen Götter ihn heute zur Strecke bringen, dann wirst du dir deinen Platz unter den Göttern redlich verdient haben. Du bist fein raus und ich darf mir eine neue Herausforderung suchen, um mich zu beweisen."

„Genau das meine ich!" Es fiel Reon inzwischen schwer zu sprechen und er wurde etwas langsamer. Rowena passte sich widerwillig dem neuen Tempo an, tänzelte dabei jedoch weiterhin leichtfüßig vor ihm her. „Wir sollten uns ihre Liebe und Anerkennung nicht verdienen müssen! Sie ist unsere Mutter! Sie hat uns in die Welt gesetzt und ist für uns verantwortlich!"

Jetzt, da die Worte ausgesprochen waren, konnte Reon sich selbst nicht mehr stoppen. Immer mehr Anschuldigungen und Vorwürfe, geboren aus der jahrelangen

Frustration, immer das schlechtere Geschwisterkind gewesen zu sein, sprudelten aus ihm heraus.

„Es war schon vollkommen unverantwortlich von ihr, dich gegen Lysias kämpfen zu lassen. Du hättest sterben können, Rowena! Und sie wusste das! Sie wusste es, es war ihr egal, du als Person bist ihr nicht wichtig. Sie kann ja jederzeit neue Kinder machen."

Ruckartig blieb Rowena stehen. Dankbar für die Pause stützte Reon die Hände auf die Oberschenkel. Seine Beine brannten und er konnte sich in seiner Erschöpfung kaum noch erinnern, wann er zuletzt Pause gemacht hatte. Nicht, dass Zeit hier unten eine Rolle gespielt hätte.

„Du bist undankbar!", zischte seine Schwester, die Augen zusammengekniffen. „Mum ist verheiratet; mit niemand anderem als dem Gott der Unterwelt! Sie musste viel auf sich nehmen, um uns überhaupt auf die Welt bringen zu können. Mich stört es nicht, wenn sie Anforderungen an mich stellt, anstatt mich zu verhätscheln wie einen Schoßhund."

„Sie hat dich in den Tartaros geworfen, um dich zu bestrafen!" Reon merkte, dass Verzweiflung aus seiner Stimme sprach, konnte aber auch nichts dagegen tun. Schweiß rann seinen Rücken hinunter und ließ ihn schaudern.

„Lassen wir das." Rowena winkte ab. „Ich bin nicht glücklich, hier unten zu sein, aber du hast Mum angemessen dafür entschädigt. Verschwinden wir von hier und diskutieren das aus, sobald wir wieder an der Oberfläche sind."

Reon schnaubte, antwortete jedoch nicht. Er wusste, dass sie nie wieder darüber sprechen würden.

„Ich kann nicht glauben, dass du dich auf ihre Seite schlägst", sagte er schließlich, ohne Schärfe oder Vorwurf in seiner Stimme. Reon wollte keinen Streit provozieren, nicht in dieser Situation und nicht an diesem feindseligen Ort, den er am liebsten niemals betreten hätte.

„Ich schlage mich nicht auf ihre Seite. Ich sage nur, ich kann verstehen, weshalb sie so handelt, wie sie es tut." Rowena sah ihn eindringlich an und in ihren Augen blitzte etwas, was Reon zutiefst beunruhigte.

„Sie ist eine Göttin", hauchte Rowena, doch in der Stille des Tartaros wurden die geflüsterten Worte weit getragen. „Wir können keine menschliche Logik auf sie anwenden oder erwarten, dass sie sich den Erwartungen der Menschen fügt."

Fassungslos schüttelte Reon den Kopf. Er musste den Blick abwenden, damit seine Schwester die verzweifelte Wut in seinem Blick nicht bemerkte.

„Wohin gehen wir überhaupt?", fragte er nach einigen Sekunden des Schweigens, um das Thema zu wechseln.

„Zum Ausgang natürlich", entgegnete Rowena, als sei das doch selbstverständlich. Reon runzelte die Stirn und orientierte sich kurz.

„Bist du sicher, dass wir dann in die richtige Richtung gehen?"

Seine Schwester blickte ihn an und irgendetwas in ihrem Blick kam ihm falsch vor, als sähe sie nicht ihn an sondern leicht an ihm vorbei. Nein, nicht an ihm vorbei, sie sah direkt durch ihn durch. Es war derselbe Blick, mit dem seine Mutter ihn schon so oft bedacht hatte.

„Ja. Auf diesem Weg hat Mum mich hergebracht. Es gibt mehr als einen Zugang zum Tartaros. Wir sollten nicht den nehmen, den Lysias nehmen würde. Dort lauern bestimmt die Götter auf ihn."

Die Logik ihrer Worte war nicht von der Hand zu weisen, also setzten sich die Geschwister unter Rowenas Führung wieder in Bewegung. Immer wieder warf Reon einen Blick über die Schulter. Er fühlte sich verfolgt, konnte auf der weiten Ebene jedoch niemanden entdecken.

Gerade als er sich selbst einzureden versuchte, dass er nur paranoid wurde, registrierte er eine Bewegung aus dem Augenwinkel. Im nächsten Moment wurde er von den Füßen gerissen, sein Kopf schlug unsanft auf den Boden auf und ein gewaltiges Gewicht presste ihn in den Staub. Er fand sich Auge in Auge mit einem Wolf in der Größe eines Kalbs wieder, dessen Fänge sich gefährlich nahe vor seinem Gesicht befanden.

Der Schock und der Schlag auf den Kopf lähmten Reon. Viel zu langsam tastete er nach seinem Schwert und hätte Rowena die Bestie nicht mit bloßen Händen von ihm herunter gezerrt, hätte sie sicherlich bereits Reons Gesicht gefressen, ehe dieser zur Verteidigung hätte übergehen können.

„Lysias", ächzte er und kam schwankend wieder auf die Beine. „Bitte warte, ich kann das erklären."

Der Wolf wand sich aus Rowenas Griff, stieß ein tiefes Knurren aus, startete aber keinen weiteren Angriff. Stattdessen veränderte sich seine Gestalt, wurde größer und schmaler, bis der Widersacher der Götter wieder vor ihnen stand. Seine Kleidung war verdreckt und kleine, nicht verheilte Schnitte zogen sich über sein Gesicht. Er wirkte alles andere als erfreut.

„Du hast dreißig Sekunden, um dich zu rechtfertigen und das auch nur, weil du mir deine Jacke angeboten hast, also sprich!", fauchte er.

„Ich wusste nicht, dass unsere Mutter hier unten auf dich warten würde", brachte Reon hervor, hörte aber selbst, wie lahm das klang. „Es war nicht meine Absicht, dich in eine Falle zu locken; ich wollte nur meine Schwester befreien."

Hilflos blickte er zu Rowena, die keinerlei Anstalten machte, ihm aus dieser misslichen Situation zu helfen.

„Wir sind selbst auf der Flucht aus dem Tartaros. Ja, ich hätte es verdient, dass du mir die Kehle aufreißt, aber ich schwöre dir, ich hatte keine Ahnung. Wenn ich ihr das aber ins Gesicht gesagt hätte, hätte sie mich wahrscheinlich dafür bestraft. Es tut mir leid, Lysias. Bitte lass uns diesen Ort einfach verlassen."

Der Widersacher der Götter verschränkte die Arme vor der Brust. Sein Gesicht war unbewegt.

„Weshalb sollte ich dir diesmal glauben?", fragte er schließlich.

„Weil wir dir helfen werden, aus dem Tartaros zu entkommen, um unsere guten Absichten zu beweisen", entgegnete Reon atemlos. „Die Macht der Götter ist außerhalb dieser Mauern nicht so stark, nicht wahr? Es würde uns also einen Nachteil bringen, dich hinaus zu schmuggeln, wenn wir auf der Seite unserer Mutter stünden."

„Er hat recht", erhob Rowena nun auch das Wort. „Ich bringe uns alle aus dem Tartaros."

Lysias schwieg eine ganze Weile, dann nickte er bedächtig.

„Von mir aus. Seid aber versichert, dass ich beim nächsten Versuch, mich zu hintergehen, tatsächlich eure Organe fressen werde, angefangen von euren Herzen."

Erleichtert atmete Reon aus. Wenn Lysias entschieden hätte, sie hier unten weiter zu bekämpfen, wären die Götter zwangsläufig auf sie aufmerksam geworden. Und dann gäbe es keine Chance mehr, dem Einfluss ihrer Mutter zu entkommen.

„Genug gestritten", drängte Rowena, die bereits wieder ungeduldig auf den Fußspitzen wippte. „Gehen wir weiter."

Erneut übernahm sie die Führung. Der Marsch verlief in einem angespannten, unangenehmen Schweigen. In der kurzen Zeit ihrer gemeinsamen Reise hatte Reon bereits feststellen müssen, wie vorwurfsvoll Lysias schmollen konnte, selbst wenn er sich dessen selbst nicht bewusst sein mochte.

Der Widersacher der Götter stolzierte dahin, den Kopf hoch erhoben, ohne die Geschwister eines Blickes zu würdigen.

Nach einer Weile bemerkte Reon, dass sie nach oben zu gehen schienen, obwohl er keinen Anstieg des Terrains erkennen konnte. Dann gelangte in der Ferne eine Tür in ihr Blickfeld. Sie war nicht so hoch und eindrucksvoll wie das Tor, durch das sie den Tartaros betreten hatten, dafür jedoch reich verziert und mit Gold beschlagen.

„Wartet hier", wies Rowena sie an. „Ich werde mich erst vergewissern, dass wir in Sicherheit sind."

Erleichtert über die Pause ließ Reon sich ins kühle, sich merkwürdig trocken anfühlende Gras sinken. Seine Beine schmerzten von dem langen Marsch. Rowena steuerte derweil geradewegs auf die Tür zu.

„So hatte ich das Prinzesschen gar nicht in Erinnerung", sagte Lysias, kaum dass Rowena außer Hörweite war.

„Ja", stimmte Reon zögerlich zu, während er mit Blicken seiner Schwester folgte, „sie wirkt irgendwie verändert."

„Das ist nicht gut." Lysias verschränkte die Arme vor der Brust. „Sie hat göttliches Blut, genau wie du. Ich weiß nicht, ob es sich nach der langen Zeit im Tartaros deutlicher bemerkbar macht, aber sie ist eurer Mutter sehr viel ähnlicher als noch vor ein paar Tagen."

„Du denkst, ihre menschliche Hälfte stirbt ab?"

„So drastisch hätte ich es nicht ausgedrückt, Greenhorn, und ich bin hier derjenige mit dem Sinn für Dramatik. Ich warne dich nur, dass wir ihr vielleicht nicht mehr uneingeschränkt vertrauen sollten, solange wir nicht wissen, was diese Veränderung herbeigeführt hat." Lysias hatte sich nicht im Gras niedergelassen, sondern behielt stattdessen die Umgebung im Auge.

„Es ist dieser Ort", meinte Reon. „Vielleicht wird es besser, wenn wir von hier fort sind."

„Das hoffe ich auch", entgegnete Lysias grimmig. „Auf die Beine, Greenhorn, deine Schwester winkt uns zu sich."

Mühsam rappelte Reon sich wieder auf. Seine Muskeln protestierten, als er sie wieder in Bewegung zwang. Nur der Gedanke an Peirithoos' Schicksal trieb ihn unaufhörlich voran.

Die mitten im Nichts stehende Tür war nicht verriegelt und besaß auch kein Schlüsselloch. Im Vergleich zu dem Haupttor des Tartaros war sie regelrecht kümmerlich.

„Wahrscheinlich der Dienstbotenzugang", scherzte Lysias, doch niemand lachte.

„Spielt keine Rolle." Rowena öffnete die Tür und trat ohne zu zögern hindurch, ihren Bruder dicht auf den Fersen.

Kaum dass Reon hindurchgetreten war, erfüllte ihn Wärme. Ihm war nicht einmal aufgefallen, wie kalt es im Tartaros gewesen sein musste. Es war, als fiele eine Last von ihm ab. Er reckte sich, bis seine Schultern knackten, und spürte, wie sich ein Lächeln auf seine Lippen schlich.

Ein kurzer Blick zu Lysias verriet ihm, dass es dem Widersacher der Götter ähnlich zu ergehen schien. Er streckte sich wie eine schläfrige Katze im Sonnenschein.

Nur Rowena schien nicht erleichtert zu sein, den Tartaros hinter sich gelassen zu haben. Ihre Miene war weiterhin unbewegt und in ihren Augen glomm distanzierte Kälte, als wäre sie tief in Gedanken versunken, sich ihrer Umgebung gleichzeitig aber überdeutlich bewusst.

Wie bei den Göttern, dachte Reon. Rowenas Erscheinung war unwirklich und auf eine nicht näher zu bestimmende Art unmenschlich.

„Wir müssen zurück an die Oberfläche", sagte er, ohne seine Schwester dabei aus den Augen zu lassen.

„Zum Glück gibt es mehr Ausgänge aus der Unterwelt als aus dem Tartaros", fügte Lysias hinzu, als Rowena nicht antwortete. „Finden wir einen von denen und lassen dieses Höllenloch hinter uns. Im wahrsten Sinne des Wortes."

Diesmal gelang es Reon, sich ein Lächeln abzuringen.

„Dann zurück zum Phlegethon", schlug er vor und da niemand eine bessere Idee vorbringen konnte, setzten sie sich in Bewegung. Zuerst würden sie einen Orientierungspunkt finden müssen, denn die seichten Hügel des Hades sahen hier genauso aus wie an dem Ort, an dem sie den Tartaros betreten hatten.

Nach einer Weile bemerkte Reon am dunklen Himmel eine Bewegung. Wenn er die Augen zusammenkniff, konnte er grob die Umrisse einiger geflügelter Gestalten ausmachen.

„Harpyien", warnte er die anderen und deutete hoch zum Himmel.

„Sie sind weit weg. Sie werden uns nicht sehen", entgegnete Rowena, ohne auch nur aufzublicken. Sie strebte mit scheinbar endloser Energie voran.

Als sie die ersten Asphodelos ausmachen konnten, beruhigte Reon sich ein wenig. Sie näherten sich den Wiesen des Totengerichts, waren also auf dem richtigen Weg. Außerdem böte sich ihnen hier mehr Deckung, falls die Harpyien sich ihnen doch einmal nähern sollten.

„Das läuft zu glatt", murmelte Lysias gerade laut genug, dass seine beiden Begleiter ihn hören konnten.

„Die Götter haben wahrscheinlich nicht einmal gemerkt, dass wir den Tartaros verlassen haben", beruhigte ihn Rowena. „Sie suchen noch an der falschen Stelle. In der Zwischenzeit können wir unbemerkt verschwinden."

„Als ich das letzte Mal dachte, dass es zu leicht ist, hat eure Mutter nur wenig später versucht, mich umzubringen." Lysias klang patzig über Rowenas gleichgültige Erwiderung. „Etwas stimmt nicht. Und die Art, wie zielstrebig du uns durch ein Gebiet führst, das du nur ein einziges Mal gesehen haben kannst, gefällt mir auch nicht."

Ruckartig blieb Rowena stehen. Ihre Augen schienen ein Loch in Lysias' Schädel brennen zu wollen.

„Es steht dir jederzeit frei, alleine weiterzugehen", hauchte sie mit einer gefährlichen Ruhe in der Stimme.

Reon griff nach seinem Schwert. Er wusste noch nicht, auf wessen Seite er sich schlagen würde, wenn es tatsächlich zu einer Auseinandersetzung käme.

„Vielleicht sollte ich das tatsächlich tun." Lysias hatte die Stirn in Falten gelegt. „Erscheint mir klüger, als mich sehenden Auges von dir in eine Falle locken zu lassen. Von hier aus finde ich nämlich durchaus alleine hinaus."

Bevor die Diskussion jedoch eskalieren konnte, lief ein leichtes, aber deutlich spürbares Beben durch die Hügel. Die gesamte Unterwelt schien für eine Sekunde den Atem anzuhalten.

„Hades ist auf dem Weg hierher", sprach Rowena aus, was alle befürchteten. „Sie haben unsere Flucht aus dem Tartaros bemerkt."

„Okay, passt mal auf." Reon trat zwischen die beiden Streitenden und legte all die Dringlichkeit, die er empfand, in seine Stimme. „Ich habe einen Plan."

Kapitel 13

Lysias konnte nicht bestreiten, wie viel wohler ihm war, nachdem er sich von den beiden Götterkindern getrennt hatte. Auch Reon war die Veränderung seiner Schwester aufgefallen, ihr kühles Verhalten, ihre veränderte Denkweise – aber ganz besonders ihre Aura, die nun viel mehr der einer Göttin als der eines Menschen glich.

Die Veränderung musste durch den Tartaros erfolgt sein. Lysias fragte sich, wie viel Zeit sie dort unten verbracht hatte, und auch, wie viel Zeit in der Menschenwelt vergangen sein mochte, seit sie die Unterwelt betreten hatten.

Nicht, dass es für ihn eine Rolle gespielt hätte. Er war niemandem dort oben verpflichtet und niemand würde auf ihn warten. Es war gleichzeitig vollständige Freiheit und absolute Einsamkeit.

Glücklicherweise blieb ihm keine Zeit, in Selbstmitleid zu baden. Reon hatte vorgeschlagen, dass sie sich aufteilen und an verschiedenen Stellen für Unruhe sorgen würden. Selbst der Herr der Unterwelt konnte sich nicht dreiteilen. Mit etwas Glück könnten sie ihn so verwirren, dass sie es alle drei zum Phlegethon schafften.

Anhand seiner eigenen Erlebnisse befiel Lysias die starke Vermutung, dass wenige Götter es wagen würden, den flammenden Fluss zu überqueren. Und wenn sie es erst bis in die Menschenwelt schafften, würde sich kein Gott mehr in ihren Weg stellen.

Der Plan des Göttersohns sah vor, dass Lysias den Höllenhund ruhig stellen würde, während er selbst und seine Schwester das Totengericht aufwühlen sollten. Lysias fand diese Lösung akzeptabel. Die Götter würden Jagd auf sie alle machen, wobei Lysias das begehrteste, aber auch gefährlichste Ziel darstellte.

Glücklicherweise konnte er diesmal einfach den langen Reihen der Schatten der Verstorbenen folgen, die direkt vom Tor aus zum Bankett strömten. Die Toten beachteten nicht, waren an diesem Punkt vielleicht noch zu entkräftet, um überhaupt etwas wahrnehmen zu können.

Lysias dachte an Dante, der so wenig tot gewirkt und sein Lager im Tartaros aufgeschlagen hatte. Wäre dieser Ort nicht so unwirtlich und schwer zu erreichen, hätte Lysias den Dichter vielleicht in Zukunft in einer weniger hektischen Situation besucht.

Von den tausenden Menschen, mit denen Lysias im Laufe seines Lebens Kontakt gehabt hatte, hatte Dante sich stets hervorgetan. Er hatte etwas an sich, was Lysias dazu gereizt hatte, ihm die Natur der Welt zu offenbaren. Was Dante daraus gemacht hatte, war nicht weniger als beeindruckend, wenn auch nicht vollständig auf die Realität zutreffend.

Der Geruch des Höllenhundes fiel Lysias zuerst auf. Er schob sich durch die Reihe der Schatten, bis er das Biest entdecken konnte. Einer der drei Köpfe wandte sich schnuppernd zu ihm um. Er schielte ein wenig, als versuche er, Lysias unter all den Toten auszumachen. So lange, wie er sich nun schon in der Unterwelt aufhielt, würde er wahrscheinlich bald selbst den Geruch eines Toten annehmen.

Glücklicherweise schien der Hund sich an ihn zu erinnern, denn als Lysias sich ihm näherte, wedelte das Biest ungelenk mit seinem viel zu kurzen Schwanz. Lysias konnte den Höllenhund gerade so davon abhalten, ihn erneut abzulecken. Stattdessen tätschelte er eilig die drei Köpfe.

Der Höllenhund furzte und fiepte vergnügt. In dem Versuch, Lysias seine Liebe zu bekunden, stieß er einen seiner Köpfe unsanft in die Seite. Mühevoll schob Lysias sich an ihm vorbei.

In seiner Hand erschien ein Stock von der Länge eines Mannes. Er sah das Funkeln in den sechs Augen der Bestie, das ihm verriet, dass er es hier noch immer mit einem Haushund zu tun hatte. Kläffend begab sich der Zerberus in Position, alle Blicke unaufhörlich auf den Ast gerichtet.

Grinsend warf Lysias den Ast. Er konnte zusehen, wie das Gewächs durch die Luft flog, über den Hügel hinweg und weit fort vom Tor. Augenblicklich hetzte der Höllenhund los, seine Aufgabe vollkommen vergessen.

Die Schlange der Schatten kam zu einem verzögerten Halt. Einige Schatten hatten sich umgedreht, ihre Gesichter unter den Kapuzen verborgen. Doch Lysias konnte spüren, wie sie ihre Chancen abwägten. Einige setzten sich zögerlich wieder in Bewegung, andere blieben stehen und einzelne begannen, auf das Tor zuzuschreiten.

Zu gerne hätte Lysias sich ein bisschen länger hier aufgehalten, um dem Chaos beizuwohnen, das sich hier ankündigte. Leider wäre ein Zusammentreffen mit einem wütenden Gott dann unvermeidlich, daher entschied er sich für die klügere Vorgehensweise und ließ die Mauern des Hades hinter sich. Auch um die Anlegestelle des Fährmanns schlug er einen großen Bogen.

Stattdessen führte ihn sein Weg wieder zu den Ufern des Phlegethons. Der brennende Fluss brodelte, doch nachdem Lysias ein Bad im Meer der Qualen genommen hatte, kam ihm die Hitze des flammenden Flusses gar nicht mehr so überwältigend vor.

Seufzend warf er einen Blick über die Schulter. Von den beiden Götterkindern war noch immer keine Spur zu entdecken. Entweder waren sie erwischt worden oder ließen sich mit ihrem Plan viel Zeit.

Dann sah er zum anderen Ufer des Flusses. Von seiner Position aus konnte er die steile, steinerne Treppe entdecken, die Reon und ihn vor nicht allzu langer Zeit hinab in die Unterwelt geführt hatte.

Tapfer trat er vor. Hitze zog sich sein Bein hinauf, als er in den Fluss watete. Diesmal jedoch wusste er, was ihn erwartete, so gerne er auch darauf verzichtet hätte. Mit schweren Schritten durchquerte er den Fluss, verlor sich einmal beinahe in der zerrenden Strömung und entstieg schließlich unbeschadet am anderen Ufer.

Wie ein nasser Hund schüttelte er sich, um das schale Gefühl loszuwerden, das ihn nach diesem unfreiwilligen Bad verfolgte. Mit schnellen Schritten steuerte er die

Treppe an. Er bildete sich ein, von oben bereits den kühlen Lufthauch wahrnehmen zu können, obgleich er wusste, dass es nicht viel mehr als Wunschdenken sein konnte.

Hoffnungsvoll ließ er den Blick zum anderen Ufer wandern. Noch immer waren Reon und seine Schwester nirgends zu entdecken. Inzwischen waren sie wirklich spät dran.

Lysias schloss für einen Moment die Augen und durchdachte seine Optionen. Die Menschenwelt war nur einige Treppenstufen entfernt. Er könnte jetzt flüchten und nie wieder einen Gedanken an diesen furchtbaren Ort verschwenden. Oder er schob seine Rettung noch ein bisschen länger auf, um nach diesen beiden Gören zu sehen.

Mit einem Grinsen, das seine Gesichtsmuskeln schmerzen ließ schlug Lysias die Augen wieder auf. Was tat man nicht alles, um die Langeweile zu vertreiben.

Das mulmige Gefühl, mit seiner Schwester alleine zu sein, überfiel Reon, kaum dass Lysias sich von ihnen getrennt hatte. Immer wieder spähte er zu Rowena, die stoisch voranschritt. Auch der Widersacher der Götter hatte die Veränderung bemerkt, die in ihr vorgegangen war. Reon schämte sich, seiner eigenen Schwester zu misstrauen, konnte das Gefühl aber auch nicht abschütteln.

Sie musste nicht lange wandern, um die Senke, in der das Totengericht tagte, zu erreichen. Reon hielt nach Peirithoos Ausschau, doch sie mussten sich dem Gericht von der anderen Seite genähert haben, denn der Mann war nirgendwo zu sehen.

„Also, was machen wir?", fragte er seine Schwester in gedämpfter Lautstärke.

„Chaos", entgegnete sie erneut mit diesem Blick, als würde sie eigentlich durch ihn hindurchsehen. „Wir werfen ihre Pulte um, bedrohen ein paar Leute mit Schwertern und hauen dann in dem Tumult ab."

Reon musste zugeben, dass dieser Plan alles andere als ausgefeilt war, doch jede Sekunde des zusätzlichen Überlegens verringerte ihren Vorsprung. Hades war vermutlich schon auf dem Weg zum Tor, dem einzigen Weg über die Mauern hinweg, die die Unterwelt umgaben.

Rowena rannte voran, wobei sie wie eine Wahnsinnige Kampfschreie und Beschimpfungen ausstieß. Die Richter hoben alle gleichzeitig die Köpfe und selbst die gesichtslosen Schatten, die auf ihre Gerichtsverhandlung warteten, wirkten überrascht. Reon folgte seiner Schwester dicht. Er trug sein Schwert in beiden Händen und fuchtelte damit herum, bis die Schatten vor ihm auseinander stoben und sich über die Hügel verteilten.

Einer der Richter, Reon konnte nicht sagen, um welchen es sich handelte, war aufgesprungen, um dem Treiben Einhalt zu gebieten. Rowena warf ihn mitsamt seines Pults zu Boden, was auch die übrigen Totenrichter dazu veranlasste, ihre Plätze aufzugeben.

„Was erlauben Sie sich...!", wetterte der mittlere der Richter los, wurde jedoch mitten im Satz von einer Klinge gestoppt, die Rowena einmal durch seinen Bauch gerammt hatte.

Reon wusste wirklich nicht, ob ein Toter sterben konnte. Die psychologische Wirkung allerdings setzte unmittelbar ein. Kreischend krümmte sich der Mann zusammen, die Hände auf eine Wunde gepresst, die ihm nach den Gesetzen der Logik eigentlich nicht hätte schaden sollen.

Unter den Schatten hatte sich inzwischen eine Massenpanik ausgebreitet. Sie stoben auseinander wie Pferde, schwebten über die Hügelkuppen oder zogen sich in die Richtung zurück, aus der sie gekommen waren.

„Komm!", rief Reon seiner Schwester zu, die Anstalten machte, ihre Jagd auf den dritten Totenrichter zu beginnen.

In dem Moment, in dem Rowena sich zu ihm umblickte, wusste er, dass er zu spät gekommen war. Diese Frau war nicht länger seine Schwester, vielleicht war sie nicht einmal mehr ein Mensch. Eine Göttin konnte sie jedoch auch nicht sein, genausowenig eine Lebende oder eine Tote. Sie glich mehr einer Hülle, die noch vom Funken einer Seele zusammengehalten wurde, sich inzwischen aber jeglicher Kontrolle entzog.

Sie blickte ihn an wie seine Mutter, kalt und unmenschlich, aber nicht grausam. Genauso wenig wie ein Raubtier seine Beute grausam musterte, sondern vielmehr fokussiert und gelinde interessiert.

So standen sie da. Reon starrte Rowena an, Rowena starrte durch ihn hindurch. Und hatte Reon bisher geglaubt, gebrochene Herzen seien nicht viel mehr als eine Redewendung, so wurde er jetzt eines Besseren belehrt.

Ihre Mutter hatte Rowena nicht in den Tartaros gebracht, um sie zu bestrafen. Nein, Rowena war in den Tartaros verbannt worden, um sich zu verwandeln, ihre menschliche Seite abzulegen und sich wahrhaft in die Gefilde einer Halbgöttin aufzuschwingen.

So mussten Herakles oder Achilles die Erde beschritten haben – mit einer Aura der Überlegenheit und Göttlichkeit, die noch Jahrhunderte später besungen werden sollte.

„Rowena", setzte er an und wusste noch bevor er zu Ende gesprochen hatte, wie vergeblich seine Mühen waren. „Wir müssen gehen, bevor uns jemand entdeckt."

Seine Schwester richtete sich zu voller Größe auf. Reon bedauerte sehr, ihr eines seiner Schwerter überlassen zu haben. Er selbst betrachtete sich als passablen Kämpfer, doch gegen Rowena wäre er chancenlos.

„Und dann?", fragte seine Schwester und ihre Stimme klang wie ein Donnerhall durch die Senke. „Wirst du weglaufen? Dich vor deiner Pflicht vor den Göttern verstecken? Du bist Persephones Sohn! Sie täte ganz recht daran, dich zu vernichten, bevor du unserem Geschlecht noch mehr Schande bereitest."

„Denkst du das wirklich?", wagte Reon einen letzten, verzweifelten Vorstoß. „Oder ist es die Überzeugung der Götter, die da aus dir spricht?"

„Ich dachte, ich wüsste alles. Ich dachte, ich hätte das Leben verstanden", antwortete sie mit diesem starren Blick. „Aber erst hier unten, unter Qualen ist mir aufgegangen, worum es wirklich geht. Ich muss diese menschlichen Emotionen hinter mir lassen, um mehr werden zu können. Größer, besser, göttlicher."

Sie trat vor und Reons Hand zuckte zu seinem Schwert. Doch sie reichte ihm einfach nur die Hand. Er erwiderte nicht.

„Noch ist es nicht zu spät", dröhnte ihre Stimme ihm wie eine Naturgewalt entgegen. „Gemeinsam können wir den Widersacher der Götter aufhalten. Ihn lange genug beschäftigen, bis Mutter oder die anderen Götter eintreffen, um ihn zu vernichten. Wir könnten uns vor ihnen profilieren und in ihre Ränge aufsteigen."

Reon wusste, dass dies das einzige Friedensangebot wäre, das er erwarten konnte. Wenn er ihre Hand jetzt ausschlug, dann stünden sie endgültig auf verschiedenen Seiten. Er blickte in ihre leeren Augen und fragte sich, ob sie ihn lieben würde, wenn er so wäre wie sie. Oder ob er selbst noch lieben könnte, wenn er sich dazu entscheiden würde, selbst in die göttlichen Sphären seiner Selbst aufzusteigen.

„Ich kann nicht", hauchte er so leise, dass der Wind es hätte davontragen können, hätte es denn hier unten welchen gegeben.

Rowena blinzelte ein einziges Mal, so langsam, als wäre die Zeit um sie herum zum Erliegen gekommen. Ihre Hand, die erwartungsvoll zwischen ihnen geschwebt hatte, senkte sich und griff zum Schwert.

Der erste Hieb ließ Reon beinahe einknicken, doch reflexartig gelang es ihm, den Angriff seiner Schwester zu parieren. Die Klinge seines Schwertes schien sich unter der Kraft zu biegen, hielt aber stand.

Doch noch während Reon das Glück verarbeitete, das zu seinem unerwarteten Überleben geführt hatte, holte Rowena bereits zum nächsten Hieb aus. Diesmal duckte er sich unter der Klinge hinweg, um das Schicksal nicht erneut herauszufordern. Im direkten Zweikampf war er seiner Schwester – oder dem, was nach der Zeit im Tartaros von ihr übrig geblieben war – eindeutig unterlegen.

Reon entschied, den strategischen Rückzug anzutreten und sich wieder mit Lysias zusammenzutun. Jetzt, da Rowena sich so eindeutig gegen ihn gewendet hatte, verspürte er eine merkwürdige Ruhe. Es musste der Schock sein, sagte er sich selbst, der verhinderte, dass er das Entsetzen über den Verrat seiner Schwester fühlte.

Den mörderischen Hieben seines Gegenübers ausweichend wich Reon zurück. Da er den Hügel hinauf ging, befand er sich in einer überlegenen Position, und so gelang es ihm, noch zwei weitere Hiebe Rowenas zu parieren. Sein Handgelenk bog sich schmerzhaft unter der Wucht der aufeinanderprallenden Waffen, doch sein Schwert zu verlieren, hieße, sein Leben zu verlieren. Reon würde es aushalten.

Schweiß rann ihm in Strömen den Rücken hinunter, als sie endlich den oberen Rand der Senke erreichten. Rowena verfolgte ihn mit einer beunruhigend gelassenen Hartnäckigkeit. Doch das Gelände rund um das Totengericht war für Reon vertrauteres Gebiet als für Rowena.

Er wartete, bis sie zu einem Ausfall ansetzte, sprang zur Seite weg, anstatt ihren Hieb zu parieren und sprintete dann den Hügel hinunter. Der Moment, den Rowena benötigte, um ihr Gleichgewicht wiederzugewinnen, war der einzige Vorteil, über den Reon in dieser Situation verfügte.

Geduckt rannte er zwischen den mannshohen Asphodelos hindurch, bis einer der Stämme für kurze, wertvolle Sekunden den Sichtkontakt zwischen ihm und Rowena unterbrach. In einer halsbrecherischen Aktion warf Reon sich auf den Boden und rollte sich unter eines der riesigen Blätter, wo er sich zusammenkauerte und ganz still liegenblieb.

Wenn Rowena ihn jetzt entdeckte, wäre er vollkommen ungeschützt; aus seiner Embryonalhaltung gäbe es keine Möglichkeit, rechtzeitig wieder auf die Beine zu kommen, um zu parieren. Eine Hand auf den Mund gepresst, um seinen hektischen Atem zu unterdrücken, lauschte er auf die sich nähernden Schritte.

Er wagte nicht, auch nur zu blinzeln. Rowena war ihm nahe, ihre Stiefel schleiften durch den Staub.

„Hey", hörte er ihre Stimme viel näher, als er eigentlich vermutet hatte. „Hast du hier jemanden gesehen?"

„Gesehen?", antwortete jemand und Reon gefror das Blut in den Adern. Für eine Sekunde hatte er tatsächlich das Gefühl zu ersticken. Er war unbewusst in Peirithoos' Richtung gelaufen, ohne darauf zu achten, ob der Mann ihn unter der Asphodelos hatte verschwinden sehen.

„Einen jungen Mann", rief Rowena ihm zu und ihre Schritte entfernten sich von Reon, hin zu Peirithoos. „Rote Haare, hat ein Schwert bei sich."

Angestrengt kniff Reon die Augen zusammen. Peirithoos ließ sich Zeit mit seiner Antwort.

„Ich habe seit Jahrhunderten keine lebende Seele mehr gesehen. Nur Schatten", sagte Peirithoos schließlich.

Rowena schnaufte hörbar, dann stapfte sie weiter, bis Reon ihre Schritte nicht mehr hören konnte. Sämtliche Spannung wich aus seinen überanstrengten Muskeln. Lautlos ließ er den Kopf in den Staub fallen.

„Danke, Peirithoos", murmelte er zu sich selbst und nahm sich vor, dem Mann etwas zu opfern, sobald er wieder in der Menschenwelt wäre.

Ein Schatten fiel auf das Blatt, unter dem Reon lag. Ein Schatten in erschreckend humanoider Gestalt.

„Du dankst zu früh", donnerte eine Stimme über ihm. Und eine Sekunde später wurde das Blatt angehoben, sodass Reon sich Auge in Auge mit Hades wiederfand.

Kapitel 14

Trockene Erde rieselte auf Reon hinab, als Hades die Asphodelos samt Wurzel aus dem Boden riss. Hustend rollte Reon sich auf die Seite, doch der Griff nach seinem Schwert ging ins Leere. Der Herr der Unterwelt hielt es bereits in der Hand. Er warf die Waffe so achtlos weg wie ein Taschentuch. Klirrend landete sie in unerreichbarer Ferne auf dem Boden.

Hades selbst war ein riesenhafter Mann, der den Eindruck eines kaltblütigen Königs erweckte, der ohne mit der Wimper zu zucken den Tod eines Menschen befehlen konnte. Wie alle Götter umgab ihn eine schwer zu begreifende, unnahbare Aura. Reon musste dem Herrn der Unterwelt nicht ins Gesicht sehen, um zu wissen, dass er sich verkalkuliert hatte.

Rowena hatte sich hinter dem Gott aufgebaut, eine Hand um den Schwertgriff geschlossen.

„Steh auf!", donnerte die Stimme des Gottes über Reon. Schwerfällig kam er dem Befehl nach. Seine Beine fühlten sich weich an, als hätten sämtliche Knochen sich innerhalb der letzten Sekunden einfach aufgelöst. Heißkalte Panik war über Reons Verstand hereingebrochen. Er konnte nicht mehr denken, nur noch reagieren, während er sich unter dem wachsamen Blick des Hades aufrichtete.

„Meine Frau suchte bereits nach dir", dröhnte Hades, dessen Stimme so tief war, dass sie ein unangenehmes Flattern in Reons Ohren verursachte.

Langsam ließ er den Blick an dem Gott hinauf wandern. Der bronzefarbene Brustpanzer war mit den verzerrten Gesichtern Sterbender verziert. Einzelne Details wurden durch sorgfältig eingearbeitetes Gold hervorgehoben. Hades war ein Hüne, mindestens drei Meter groß und fast halb so breit. Seine Arme glichen Baumstämmen und selbst wenn Reon es mit seiner gesamten Kampffertigkeit und den besten Waffen des Universums versucht hätte, er hätte nicht einmal den ersten Schlag tun können, bevor der Herr der Unterwelt ihn vernichtet hätte.

Hier stand er also, der Versuch, seine Schwester zu retten, gescheitert, und erwartete seine göttliche Strafe.

„Wie hochmütig von dir zu denken, du könntest dem Gott der Unterwelt in seinem eigenen Reich entkommen." Hades wirkte nicht einmal erbost, eher herablassend amüsiert.

Scham brannte heiß in Reons Gesicht. Er konnte sich nicht dazu überwinden, ihn oder Rowena anzusehen. Und in diesem Moment fragte er sich, ob es besser wäre, auf die Knie zu fallen und zu betteln, oder stoisch hinzunehmen, was der Gott mit ihm tun würde, und seinen eigenen Stolz zu bewahren.

Nach kurzer Überlegung kam Reon zu dem Schluss, dass Hades ihn bestrafen würde, ob er bettelte oder nicht, also konnte er den letzten Minuten seiner Existenz auch mit stolz erhobenem Haupt entgegenblicken.

Reon straffte die Schultern, brachte wieder Haltung in seinen Körper und richtete sich auf. Hades schien die Veränderung nicht nur seiner Körper- sondern auch seiner geistigen Haltung mitbekommen zu haben, denn ein kleines Lächeln umspielte sein Gesicht.

„Mutter ist auf dem Weg", murmelte Rowena von hinten und deutete auf den Hügel.

Kore eilte mit wehender Tunika den Hügel hinab. Im Gegensatz zu Hades wirkte sie sehr erbost.

„Da ich ein großzügiger Mann bin", sagte Hades und trat einen Schritt zurück, um seiner Frau Platz zu machen, „werde ich es deiner Mutter überlassen, eine Bestrafung für dein freches Verhalten zu finden."

Reon schluckte schwer. Er war seiner Mutter im Laufe seines Lebens nur wenige Male begegnet. Er und Rowena hatten ihre gesamte Kindheit damit verbracht, sich komplizierte Pläne auszudenken, wie sie die Frau, die sie geboren hatte, davon überzeugen könnten, ihnen Beachtung zu schenken. Rowena mochte das inzwischen gelungen sein. Reon war es inzwischen egal.

Dennoch verspürte er eine gewisse Genugtuung, als sie ihn ohrfeigte. Sein Schädel dröhnte von dem Schlag, seine Wange brannte wie Feuer, aber er grinste ihr ins Gesicht, als hätte sie ihm kein schöneres Geschenk machen können. Vielleicht hatte er ihre Aufmerksamkeit nicht durch Heldentaten erlangen können. Wohl aber durch dreisten Ungehorsam.

Der zweite Schlag schleuderte seinen Kopf in die andere Richtung. Seine Wangen fühlten sich nun beide taub an, als würde er eine Maske tragen. Sein Lächeln verzog sich zu einer Grimasse, als er versuchte, durch den Schmerz zu grinsen.

Trotzig hob er den Kopf, um dem Blick seiner Mutter zu begegnen, was ihn all seine Konzentration kostete. Ihre glühenden Augen schienen noch weiter aufgerissen zu sein als üblich, aber sie sahen ihn an, nicht durch ihn hindurch wie sonst.

„Und ich dachte, ich hätte einen Grund, stolz auf dich zu sein, dabei bist du nur ein gewöhnlicher Verräter. Und nicht einmal ein guter. Ich würde mich ja schämen, dich zur Welt gebracht zu haben, aber dadurch würde ich deiner Existenz mehr Bedeutung zumessen, als sie verdient hat." Ihre Stimme war wie das Zischen einer Schlange, das erboste Heulen des Windes, das drohende Lodern eines Waldbrands.

„Du erwartest immer noch, dass ich dir dankbar bin, nur weil du uns auf die Welt gebracht hast und bist, wer du bist." Reon konnte sich nicht erinnern, schon einmal so direkte, wenig ehrfürchtige Worte an seine Mutter gerichtet zu haben. Er sprach deutlich, denn wenn dies die letzte Gelegenheit seines Lebens wäre, mit ihr zu sprechen, dann wollte er, dass jedem einzelnen Wort Bedeutung innewohnte.

„Aber dass du eine Göttin bist, war mir immer egal. Es hätte mir viel mehr bedeutet, wärst du einfach eine gute Mutter gewesen. Ich will dein Erbe nicht. Oder dein Lob oder deine Anerkennung. Ich will eine Familie."

Hades lachte auf, tief und schallend. Die Asphodelos zitterten unter dem Donnern seines Lachens.

„Wie überaus menschlich", kommentierte der Gott der Unterwelt. „Familie, Liebe, Geborgenheit... die Menschheit hat nie wirklich verstanden, was Ehre bedeutet."

Kore lächelte schief.

„Ich wollte euch großartig machen. Dich vielleicht nicht, aber wenigstens deine Schwester. Du hättest dann in ihrem Ruhm baden können, aber selbst das musstest du dir ja zerstören." Sie schloss für einen Moment die Augen und schüttelte den Kopf; eine Geste, die Reon unterbewusst bekannt vorkam, jedoch nicht von ihr.

„Ich verbanne euch hiermit", verkündete Kore. Ihre Stimme stand der ihres Mannes nun in nichts mehr nach und hätte es hier unten Wolken gegeben, hätte es vermutlich gedonnert. Ein starker Wind setzte ein, um das göttliche Urteil zu unterstreichen.

„Ich verbanne euch aus den Reichen der Götter, jetzt und für ewig! Ihr werdet als Menschen unter Menschen leben, ohne jemals die Gelegenheit zu bekommen, euch vor den Göttern zu beweisen! Ihr habt mich mehr als nur enttäuscht. Euer Leben soll so bedeutungslos sein wie das eurer menschlichen Ahnen und eurer Nachkommen. Eurer Linie soll bis in alle Ewigkeit jegliches Recht genommen sein, zum Göttlichen aufzusteigen!"

In der Sekunde, als Reon erleichtert aufatmete, schrie Rowena auf, als hätte man ihr vors Schienbein getreten.

„Nein, bitte! Das kannst du nicht tun!" Sie winselte, einem verletzten Tier nicht unähnlich, doch Kore zeigte keinerlei Mitleid mit ihrer Tochter.

„Ich hätte dich großartig gemacht, Kind", entgegnete sie. „Alles, was ich tat, zielte immer nur darauf ab, euch zu Größerem zu erheben. Aber du musstest dich ja auflehnen. Du musstest fliehen, als ich wollte, dass du die Qualen des Tartaros erträgst. Selbst das konntest du nicht in Kauf nehmen. Wie könntest du dann jemals einen göttlichen Status erreichen? Du bist zu menschlich, Rowena. Nicht würdig, eine Göttertochter zu sein."

Rowena setzte zu einer verzweifelten Antwort an, doch Kore brachte sie mit erhobenem Finger zum Schweigen.

„Genug! Verlasst diesen Ort und kehrt nie wieder zurück. Denkt nicht einmal daran, noch einmal mit mir Kontakt aufnehmen zu wollen, denn sonst werde ich euch endgültig vernichten müssen, bis sich nicht einmal mehr der letzte Staub, der von der Menschheit übrig bleiben wird, an euch erinnert."

Reon sah zu, wie Rowena die Schultern sinken ließ. Tränen glitzerten auf ihren Wangen, doch sie gab keinen Laut von sich. Hätte sie nicht vor wenigen Minuten noch versucht, ihn zu töten, hätte Reon vielleicht in Betracht gezogen, sie tröstend zu umarmen.

„Ich werde die beiden zurück in die Menschenwelt bringen", sagte Kore nun an ihren Mann gewandt. „Danach können wir diesen unerfreulichen Zwischenfall hoffentlich wieder vergessen."

„Natürlich, Geliebte", entgegnete dieser, wirkte aber genau wie Reon überrascht über die vergleichsweise milde Strafe.

Kore legte beiden ihrer Kinder eine Hand auf die Schulter und dirigierte sie mit sanftem Druck vorwärts in Richtung Eingang der Unterwelt. Sie hatten erst fünf Schritte gemacht, als Hades ihnen hinterherrief.

„Warte!"

Reon spürte, wie seine Mutter neben ihm erstarrte, bevor sie den Kopf zu ihrem Mann umwandte.

„Ja?", fragte sie und Reon glaubte, Nervosität von ihr ausgehen zu spüren.

Er runzelte die Stirn. Seine Mutter war nie nervös. Zornig, aufbrausend oder herablassend, ja, aber niemals nervös. Das wäre zu menschlich für sie.

„Kein Abschiedskuss?", fragte Hades.

„Natürlich", murmelte die Person neben Reon und ließ ihn los. „Ist mir in der Hitze der Situation entfallen."

Alle drei Anwesenden schien gleichzeitig ein Licht aufzugehen, als die Frau sich langsam zum Gott der Unterwelt umwandte.

„Du bist nicht Persephone", sprach Hades aus, was alle dachten. Er machte einen bedrohlichen Schritt auf die drei zu, die Hände kampfbereit zu Fäusten geballt.

„Du hast Recht", entgegnete Lysias. „Bin ich nicht."

Lysias hielt sich selbst für ganz passabel im Täuschen von Menschen. Dank seines angeborenen Charismas war es ihm immer schon leicht gefallen, Leute um den Finger zu wickeln. Allerdings hatte es sich bei diesen Leuten niemals um den Herrn der Unterwelt gehandelt. Und wenn Lysias ganz ehrlich war, hatte er nicht einmal erwartet, so weit zu kommen, wie er gekommen war, immerhin summierten sich seine Begegnungen mit Persephone auf nicht einmal ganz fünf Minuten.

Er spürte die Tarnung von sich abfallen, hörte das erstaunte Schnappen nach Luft des Mädchens neben sich und den Wutschrei des zornigen Gottes vor sich.

„Lauf!", zischte er Reon zu.

Der Göttersohn hetzte los wie ein verfolgtes Kaninchen. Die plötzliche Bewegung brach die Anspannung vor dem Kampf.

Nur mit seinen Fäusten bewaffnet donnerte Hades los, sein Kampfschrei erschütterte die Unterwelt und hätte Lysias' Gehör sicherlich bleibenden Schaden zugefügt, hätte er sich nicht in derselben Sekunde in eine gewaltige Schlange verwandelt.

Zischend stieß er vor, schneller noch als der rasende Gott, und grub seine Fangzähne in dessen Arm. Der Triumph hielt keine zwei Sekunden an. Mit seiner freien Hand holte Hades aus und ließ seine Faust gegen Lysias' schuppigen Körper prallen. Sie sahen nicht so aus, aber auch Schlangen verfügten über Organe, die nicht von aufgebrachten Göttern zu Brei geschlagen werden sollten, wenn die Schlange überleben wollte.

Lysias ließ von seinem Gegner ab, hinterließ diesen aber mit zwei kreisrunden, vor Gift starrenden Wunden. Noch im Fall verwandelte er sich zurück, rollte sich ab und brachte sich damit außer Reichweite des zweiten, vernichtenden Hiebs.

Etwa fünfzehn Meter entfernt blitzte das Metall des Schwerts auf, das Reon verloren hatte. Es handelte sich um die Klinge, die Lysias ihm vor gefühlten Jahrzehnten zu

Beginn dieser wahnwitzigen Reise überlassen hatte. Jetzt erwies sie sich als Rettungsanker.

Er duckte sich unter dem Griff des Gottes hindurch und sprintete zwischen den Asphodelos entlang auf das Schwert zu.

Seine Finger streiften das körperwarme Metall des Griffs. Er riss die Waffe gerade noch rechtzeitig hoch, um einen Faustschlag des Gottes noch in der Bewegung zu stoppen. Dunkelrotes Blut lief in einem kleinen Bächlein den Oberarm Hades' hinunter, bis es schließlich auf den Boden tropfte.

„Du kämpfst mit einem Zahnstocher gegen einen Elefanten, Widersacher der Götter", grollte Hades. „Du hast den entscheidenden Fehler gemacht, dein Refugium zu verlassen und dich in den Nachteil zu begeben. Denn das hier ist mein Reich und in meinem Reich geschieht nur, was ich befehle! Das hier ist dein Ende, Widersacher!"

Der Boden unter Lysias schien zum Leben zu erwachen. Es gelang ihm nur schwerlich, sein Gleichgewicht zu behalten, während die Pflanzen um ihn herum verdorrten – nein, sie wurden eingesogen, genau wie Lysias. Seine Fußsohlen begannen bereits, in den Boden einzusinken. Und da Lysias nicht enden wollte wie Peirithoos, tat er das einzige, was ihm in diesem Moment in den Sinn kam. Er sprang Hades an, klammerte sich an dessen gewaltigen Torso fest und verringerte so seinen Kontakt zum Untergrund auf Null.

Überrascht und verärgert gleichermaßen begann Hades, auf seinen Parasit einzuschlagen. Der erste Treffer gegen seinen Rücken trieb Lysias sämtliche Luft aus den Lungen. Der zweite beschädigte dem unangenehmen Knackgeräusch nach zu urteilen mindestens ein halbes Dutzend seiner Knochen. Ein Teil seiner Wirbelsäule musste darunter gewesen sein, denn Lysias war es plötzlich unmöglich, sich noch länger festzuhalten.

Wie eine umgekippte Schildkröte wälzte er sich am Boden. Ein göttlicher Tritt zerschmetterte seine Rippen und beförderte ihn zusätzlich mehrere Meter durch die Luft.

Auch die Landung erwies sich als eher unangenehm. Lysias fing an, sich zu fragen, welcher Teil seines Körpers eigentlich nicht wehtat, als er nach seinem Schwert griff und sich ächzend wieder auf die Beine kämpfte. Sein Rücken fühlte sich schief und ausgerenkt an, was den Bewegungsradius seiner Arme deutlich verkleinerte.

„Sie nennen dich den Widersacher der Götter", höhnte Hades, der sich wie eine unaufhaltsame Kraft seinem Gegner näherte. „Aber du leistest kaum mehr Widerstand als eine Fliege. Sollten die Götter wirklich all diese Jahrtausende grundlos vor dir in Angst gelebt haben?"

„Finde es selbst heraus", entgegnete Lysias. Es hatte keck klingen sollen, klang aber eher so, als ginge ihm nach den ersten beiden Worten die Luft aus. Irgendetwas schien seine Lunge angebohrt zu haben, wahrscheinlich eine seiner Rippen.

Er würde sich später darüber Gedanken machen, denn Hades befand sich wieder in Reichweite. Lysias wagte einen pfeilschnellen Ausfallschritt, seine Klinge zielte auf den Oberschenkel des Gottes. Doch Hades' Faust traf krachend Lysias' Kopf, noch bevor dieser auch nur in die Nähe seines Ziels hatte vordringen können.

Die Welt um ihn herum drehte sich. Am Rande seines Bewusstseins nahm Lysias wahr, wie er das Schwert fallen ließ. Er sank auf die Knie. Blut lief aus sämtlichen seiner Körperöffnungen und trübte sein Blickfeld.

Träge blickte Lysias auf. Hier war er also – der letzte Moment.

„Du hättest nicht herkommen sollen", sagte Hades und holte aus. „Das ist dein Ende, Widersacher."

Kapitel 15

Lysias spürte den vernichtenden Schlag des Gottes kaum. Was er aber spürte, war das unheilvolle Knacken von Hades' Mittelhandknochen, der beim Kontakt mit Lysias' Schädel einfach durchbrach.

Mit einem Wink seines Fingers säuberte Lysias sein Gesicht und seine Kleidung. Ein weiterer Wink und seine Knochen bogen sich wieder in Form, Wunden schlossen sich und die Kraft kehrte in seine Beine zurück. Während Hades sich noch voller Fassungslosigkeit die gebrochene Hand hielt, streckte Lysias sich von den Fingern bis zu den Zehenspitzen, bis alle seine Knochen und Sehnen an die Orte zurückgekehrt waren, an die sie gehörten.

„Ihr Götter spottet immer darüber, dass die Menschheit niemals dazulernt", sagte Lysias, wobei er den Blick abschätzig über den Herrn der Unterwelt wandern ließ. „Dabei seid es ihr Götter, die ihnen dieses Verhalten vorleben. Kaum tötet man mal ein paar Jahrhunderte keinen Gott mehr, schon heißt es, man seine keine Gefahr mehr."

Lysias machte einen Schritt auf Hades zu. Und Hades....Hades wich vor einem Herausforderer zurück, vielleicht zum ersten Mal in seiner Existenz.

„Aber man nennt mich nicht den Widersacher der Götter, weil ich ein paar Zaubertricks wirken kann. Man nennt mich so, weil ich die Götter und ihre Brut auslöschen könnte."

Hades wich einen weiteren Schritt zurück, bevor er sich wieder fing. Trotz seiner gebrochenen Hand richtete er sich kampfbereit auf. Mit der freien Hand zog er ein Schwert so lang wie Lysias' Oberkörper aus der Schwertscheide.

„Weißt du, was ein Handicap ist, großer Mann?", sprach Lysias einfach weiter.

„Schaust du überhaupt Sport? Na ja, du würdest so oder so nicht viel verpassen. Jedenfalls kann sich der stärkere Spieler ein Handicap verpassen, damit er gegen einen schwächeren Spieler antreten kann, ohne dass dieser zwangsläufig verliert. Allerdings ist natürlich jedem - dem Publikum, dem Schiedsrichter und auch den Spielern selbst - bewusst, dass der stärkere Spieler unter normalen Umständen spielend leicht gewinnen würde, aber weißt du was? Dem stärkeren Spieler macht es Spaß, mit Nachteil anzutreten. Denn so kann er sich verbessern, seine Schwächen herausarbeiten und dann kompensieren."

Lysias griff in seine Kleidung und beförderte den Dolch zutage, die einzige Waffe, die er aus seiner Wohnung mitgenommen hatte. Gegen Hades' gewaltiges Langschwert wirkte sie mickrig, doch Lysias war sehr zuversichtlich, was seine Chancen in diesem Kampf anging.

„Die Frage ist jetzt", grinste er und zwinkerte dem Herrn der Unterwelt zu, „was passiert, wenn ich beschließe, nicht länger mit Handicap zu spielen?"

Lysias wollte sich gerade selbst für diese dramatische Wendung auf die Schulter klopfen, als Rowena, dieses Blag, entschied, durch einen beherzten, aber letztendlich nutzlosen Angriff seinen großen Moment zu zerstören. Mit einem Kampfschrei ging sie auf ihn los. Lysias wich ihrer Klinge mit der leichten Eleganz eines Tänzers aus. Ein gezielter Schlag auf ihr Handgelenk entwaffnete das Götterkind.

„Es wäre zu deinem eigenen Besten, das Schlachtfeld jetzt zu verlassen, kleine Prinzessin", riet Lysias ihr freundlich, aber mit Nachdruck. „Lass die Erwachsenen spielen. Es wird nicht lange dauern."

Ein kurzer Seitenblick zu Hades verriet ihm, dass der Gott seine gebrochene Hand wieder einsatzfähig gemacht hatte, während der Widersacher der Götter damit beschäftigt gewesen war, diesem sinnlosen Angriff auszuweichen.

Hades versuchte als nächster sein Glück. Ohne Rücksicht auf die sich noch immer in der Gefahrenzone befindliche Rowena wagte er einen Ausfall.

Die Wucht seines Schwerthiebs hätte ein Gebirge spalten können, doch Lysias fing sie mit nicht viel mehr als seinem Dolch ab. Zur Verteidigung seines Gegenübers musste er jedoch anbringen, dass seine Füße bei dem Versuch, dem Schlag standzuhalten, mehrere Zentimeter in den Boden gepresst wurden, sodass eine kleine Kuhle zurückblieb.

Erneut holte Hades aus, täuschte diesmal jedoch nur einen Angriff an und schlug stattdessen mit der Faust auf Lysias' Bauch ein, als hätte er beim letzten Versuch nichts gelernt. Unter anderen Umständen hätte Lysias sich jetzt wahrscheinlich von seiner Leber verabschieden müssen, doch abgefedert durch seine Magie spürte er den Schlag kaum.

Stattdessen stach er mit dem Dolch zu. Rowena duckte sich unter den Kämpfenden hinweg und warf sich mit ihrem vollen Gewicht auf Lysias' Arm. Der Kurs des Dolchs wurde abgelenkt und die Klinge glitt nur wirkungslos am Brustpanzer des Gottes ab.

„Ich hatte dich gewarnt", zischte Lysias. Mit einer weit ausholenden Geste schleuderte er die Göttertochter etliche Meter zurück. Ihr Körper fiel wie ein nasser Sack und landete schließlich mit einem unangenehm knackenden Geräusch im Staub.

Lysias konnte nicht sagen, dass es ihn kümmerte, was aus diesem durchgedrehten Mädchen wurde. Allerdings wäre Reon ihm vermutlich böse, wenn Lysias seine Schwester zu schwer beschädigte. Und da Lysias keinerlei Groll gegen das Greenhorn hegte, würde er sich bemühen, Rowena nicht mehr Schaden zuzufügen, als nötig wäre, um sie vom Kampfgeschehen fernzuhalten.

Gedanklich verfluchte Lysias sich selbst darüber, wie weich er geworden war. Vor sechs- oder siebenhundert Jahren hätte er keinerlei Gedanken an den Zustand des Mädchens verschwendet. Offenbar holten ihn die Geschehnisse der letzten Tage nun doch noch ein.

„Ich gebe zu, für einen Moment hatte ich doch ein bisschen Angst", plauderte er weiter, nach dem gewaltigen Körpertreffer nicht einmal außer Atem.

„Ich hatte schon befürchtet, ich müsste dich wirklich küssen, um meine Tarnung zu erhalten. Seit ich hier unten bin, habe ich noch kein einziges Badezimmer gesehen, daher frage ich mich ernsthaft, ob ihr Götter euch jemals die Zähne putzt? Oder erhaltet ihr sie einfach so durch Magie? Das würde mich schon interessieren."

Hades ließ sich nicht provozieren. Im Gegenteil, sein Angriff kam so schnell und gezielt, als hätte er sich sein Leben lang darauf vorbereitet. Lysias wich ihm aus, spürte aber, wie die Klinge durch den Stoff seiner Kleidung glitt und diese ohne Widerstand durchtrennte.

„Du könntest auch freundlicher fragen, wenn du mich nackt sehen willst", provozierte er weiter, wich einem weiteren Hieb des Gottes aus und setzte dann zum Gegenschlag an.

Diesmal traf sein Dolch auf weiche, ungeschützte Haut. Mit all seiner Kraft trieb Lysias die Klinge ins Fleisch, durchschnitt Muskeln, Sehnen und Knochen wie warme Butter. Blut spritzte ihm entgegen. So schnell, wie er sich dem Gegner genähert hatte, brachte Lysias sich auch wieder außer Reichweite.

Der linke Arm des Gottes fiel zu Boden, knapp unterhalb des Ellbogens abgetrennt.

Der Wutschrei, den er ausstieß, musste in der Menschenwelt mindestens für ein Erdbeben der Stärke Fünf sorgen. Für einen Moment senkte sich Stille über die Hügel, dann schien die gesamte Unterwelt in Bewegung zu geraten.

Harpyien näherten sich kreischend, ihre Krallen ausgestreckt, die Schnäbel weit aufgerissen. Sie kamen, um ihrem Herrn im Kampf beizustehen.

Zuerst regnete Kot auf sie herab, den Lysias mit einem einfachen, magischen Schild daran hindern konnte, ihn vollständig zu bedecken. Dann stießen die Bestien bedrohlich auf ihn herab, ihre Absicht diesmal eindeutig sein Tod.

Lysias hatte die unerfreuliche letzte Begegnung mit den Vogelwesen nicht vergessen, aber diesmal würde er ihnen keines seiner Körperteile überlassen.

Mit einer weit ausholenden Bewegung schleuderte er ihnen seine göttlichen Kräfte entgegen. Die Druckwelle erfasste das unsägliche Geflügel. Die kleinen Knochen brachen, Federn stoben auf, dann fielen die zerbrochenen Harpyien wie Tontauben vom Himmel.

Triumphierend blickte er zu Hades, doch der Herr der Unterwelt wirkte beunruhigend wenig beunruhigt. Zu spät registrierte Lysias, dass der unkoordinierte Angriff der Harpyien nicht viel mehr als ein Ablenkungsmanöver gewesen sein musste, um sich Zeit zu erkaufen.

Der Anblick, der sich dem Widersacher der Götter nun bot, ließ ihn doch ein winziges bisschen Nervosität verspüren. Der Höllenhund kam über den Hügel gesprungen und dieses Mal wirkte er alles andere als verspielt. An seiner Seite erschien Kore - diesmal die echte, um ihrem Mann beizustehen.

Der Zerberus donnerte knurrend und bellend auf Lysias zu, alle drei Mäuler waren drohend aufgerissen. Hatte Lysias sich bisher nie groß vor Möpsen gefürchtet, änderte sich seine Meinung in genau dieser Sekunde. Sein Dolch konnte einen der Köpfe ausschalten, aber zwei blieben, um ihn zu zerfleischen. Drohend hob Lysias die Hand.

Es war, als hätte ein Pfeil den Höllenhund von den Füßen gefegt. Wimmernd rollte er sich auf die Seite, schnappte mit den Köpfen nach einem Feind, den er nicht erreichen konnte.

Verdutzt hielt Lysias inne. Reon hatte die Bestie zu Boden gebracht und die Klinge seines Schwerts bohrte sich tief ins Fleisch. Blut lief aus der langen Wunde, die er dem Höllenhund zugefügt hatte. Ein weiteres Mal hieb er auf das Ungetüm ein, bevor Hades ihn erreicht und von seinem Haustier weggezerrt hatte.

Der Herr der Unterwelt riss Reon am Kragen in die Luft und trotz seines fehlenden zweiten Arms bezweifelte Lysias keine Sekunde, dass diese Begegnung tödlich für den Göttersohn ausgehen würde.

Unglücklicherweise näherte sich auch Kore in rasanter Geschwindigkeit und mehr als zwei, drei Wimpernschläge blieben dem Widersacher nicht, um diesen Kampf zu einem Abschluss zu bringen.

„Schwert!", rief er Reon zu, wartete nicht darauf, ob das Greenhorn ihn gehört hatte, sondern rannte bereits los. Er hatte diese eine Chance, um Hades zu vernichten, bevor dieser Reon für immer ans Reich der Toten band.

Wie in Zeitlupe sah Lysias das Schwert aus Reons Hand gleiten. Er fing es im Fall, seine Finger schlossen sich um das Heft. Ein einziger Versuch, nicht mehr, und dann würde entweder Hades fallen oder Reon.

Lysias sprang. Nicht elegant, nicht gezielt, nur von dem verzweifelten Versuch beseelt, dem Greenhorn ein unwürdiges Ende zu ersparen.

Die Klinge bog sich unter der Geschwindigkeit, mit der er das Schwert schwang, durch. Lysias erreichte den höchsten Punkt des Sprungs, spürte Widerstand in der Klinge, kniff die Augen zusammen, fiel wieder, tief, tief, tief, bis seine Knie ächzend den Aufprall abfederten.

Hades fiel wie ein gefällter Koloss. Sein Kopf rollte durch den Staub und tränkte den Boden mit Blut.

Reon ging zu Boden wie eine Puppe, wo er reglos im Blut des Gottes liegen blieb.

Kore hatte die Szene erreicht. Blitze stoben aus ihren Händen. Lysias blickte sie an, sah einen Hass in ihren Augen, der nicht von dieser Welt sein konnte.

„Ich werde dich vernichten!", grollte sie. „Für all die Götter, deren Leben du genommen hast. Ich-"

Sie hielt nicht nur mitten im Wort, sondern auch mitten in ihrer Bewegung inne. Der Ausdruck der Verblüffung auf ihrem Gesicht, als sie an sich hinab blickte und feststellen musste, dass ihre Füße zu Stein erstarrt waren, war für Lysias all die Strapazen wert, die er hatte auf sich nehmen müssen.

Lysias' Zauber suchte sich innerhalb von Sekunden einen Weg ihren Körper hinauf. Ihre Oberschenkel verwandelten sich in Stein, dann ihr Torso und ihre Brust. Kore blieb gerade noch Gelegenheit, drohend beide Hände nach Lysias auszustrecken, bevor auch diese erstarrten, sodass sie wie ein aufgewühlter Zombie aussah. Ihr letzter Fluch wurde noch im Laut unterbrochen, als ihre Stimmbänder und Zunge den Dienst versagten.

„Tut mir leid, was wolltest du sagen?", scherzte Lysias, doch es war niemand mehr übrig, der darüber lachen konnte.

Eilig stieg er über Hades' kopflosen Rumpf hinweg zu Reon. Der Göttersohn lag mit dem Gesicht nach unten im Blut seines Stiefvaters. Seine Beine waren in einem merkwürdigen Winkel abgespreizt. Lysias korrigierte dies mit einem Wink aus dem Handgelenk.

„Na komm, ich hab den Kerl doch nicht geköpft, damit du jetzt stirbst", murmelte er zu dem Halbgott und rollte ihn vorsichtig auf die Seite.

Und da ihm nichts Besseres einfiel, verpasste er Reon eine Ohrfeige.

Hustend riss der Junge die Augen auf. Lysias entfernte das Blut auf seinem Gesicht mit einem weiteren Zauber, denn er bezweifelte, dass Reon so erfreut darüber wäre, im Blut seiner Feinde aufzuwachen. In dieses Alter würde er später noch kommen.

„Herzlichen Glückwunsch", grinste Lysias, kaum dass Reons Blick sich wieder fokussierte. „Wir haben die Bossgegner besiegt. Jetzt fehlt nur noch ein 'Sie lebten glücklich bis ans Ende ihrer Tage', findest du nicht?"

Reon schien noch nicht wieder in der Lage zu sein, Lysias' Kommentare wertschätzen zu können. Eine Hand auf seinen Bauch gepresst setzte er sich auf, nur um sich dann direkt suchend umzuschauen.

„Rowena", brachte er ächzend hervor. Lysias sah eine Weile zu, wie Reon sich abmühte, aus eigenen Kräften wieder auf die Beine zu kommen, bevor er ihm die Hand reichte. Der Göttersohn stolperte zu seiner Schwester.

„Was hast du mit ihr gemacht?"

Dieser vorwurfsvolle Tonfall gefiel Lysias gar nicht.

„Sie lebt, keine Sorge."

Um sein Argument zu unterstreichen, ohrfeigte er Rowena auch noch. Es funktionierte erneut so gut, dass Lysias sich fragte, ob er nicht einfach durch ein Krankenhaus spazieren und Leute ohrfeigen sollte, bis sie wieder gesund wären. Es wäre eine willkommene Abwechslung nach den vorangegangenen Ereignissen.

„Siehst du? Es geht ihr bestens."

Lysias hatte eine ausreichend lange Zeit gelebt, um zu wissen, dass Reon und seine Schwester jetzt ein emotionales Gespräch darüber führen würden, wie froh sie doch waren, einander zu haben, und dass es nur zu ihrer aller Besten gewesen wäre, ihre Mutter in Stein zu verwandeln.

Leider war das Leben kein Buch. Rowena würde nicht einsehen, dass Reon und Lysias ihr Leben gerettet hatten. Alles, was sie spüren würde, wäre die Trauer des Verlusts, die Demütigung, die Wut.

Lysias wollte nicht in der Nähe sein, wenn all das aus ihr herausbräche, daher entfernte er sich einige Schritte, um sich dem winselnden Höllenhund zuzuwenden, der sich noch immer am Boden wälzte.

„Sei froh, dass ich einen guten Tag habe", murmelte er zu sich selbst, als er eine Hand auf dessen Bauch drückte und die Wunden schloss.

Nun schon wieder fröhlicher hechelnd kam der Zerberus wieder auf die Beine. Prompt fand sich Lysias mit einer nassen, stinkenden Zunge im Gesicht wieder. Angewidert schob er das Biest weg von sich.

„Ja, ja. Geh zurück auf deinen Platz am Tor und tu, wofür du abgerichtet worden bist."

Furzend und mit dem stummeligen Schwanz wedelnd entfernte sich der Höllenhund vom Ort des Geschehens.

Reon und Rowena waren inzwischen bei der Phase des einander Anschreiens und Vorwürfemachens angelangt. Lysias entschied daher, einen letzten Blick auf Hades zu werfen, bevor er die beiden unterbrach.

An den Stellen, an denen das Blut des Gottes in den Boden gesickert war, sprossen Blumen, so schön wie kein Mensch sie jemals gesehen haben konnte. Lysias kniete sich hin und atmete den Duft ein.

Eine merkwürdige Melancholie überkam ihn. Und wie immer, wenn derlei Gefühle in sein Leben Einzug erhielten, ließ Lysias eine Flasche Rum in seiner Hand erscheinen. Er leerte sie mit einem Schluck zur Hälfte. Das warme, brennende Gefühl in seinem Rachen vertrieb alles andere, was er lieber nicht verspüren wollte.

„Also, Greenhorn", sagte er laut und wandte sich zu den streitenden Halbgöttern um. „Ich begebe mich jetzt wieder nach oben. Möchte jemand mit?"

„Den Weg überlebt ihr nicht!", zischte Rowena. Der Hass, der sich auf ihrem Gesicht spiegelte, ließ sie ihrer Mutter unglaublich ähnlich sehen.

Lysias ignorierte sie und sah stattdessen Reon an. Seine Mutter und seine Schwester am gleichen Tag zu verlieren, musste belastend für ihn sein, aber Lysias war niemals so gut im Trösten gewesen, dass er seine Hilfe angeboten hätte.

„Also?", fragte er daher und reichte dem Göttersohn eine Hand.

Reon warf einen letzten Blick zu seiner Schwester, in dem all das Unglück eines verkorksten Daseins als Halbgott lag, dann reichte er Lysias die Hand. Kaum dass sich ihre Fingerspitzen berührten, verschwamm die Umgebung. Eine Sekunde später landeten die beiden Männer auf Lysias' Sofa.

Draußen ging gerade die Sonne unter. Lysias schaltete das Radio an, das eine langsame Jazzmelodie spielte, und schenkte sich einen Drink ein.

„Das war lustig", sagte er.

„Du konntest die Unterwelt die ganze Zeit über verlassen?", platzte Reon heraus. „Einfach so? Warum hast du uns dann nicht direkt rausgeholt, als wir Rowena gefunden hatten?"

„Du verstehst es immer noch nicht, Greenhorn." Lysias verdrehte die Augen und fasste sich dramatisch an die Brust.

„Ich bin kein Held. Bin ich niemals gewesen und werde ich niemals sein. Ich tue, was mir Spaß macht und meine Langeweile fernhält. Nimm's nicht persönlich, aber der Geisteszustand deiner Schwester könnte mir nicht gleichgültiger sein."

Zufrieden ließ er sich neben Reon auf das Sofa fallen.

„Also, wie wäre es, wenn ich dir jetzt erzähle, wie ich einen Bären mit bloßen Händen getötet habe? Die Geschichte solltest du hören."

Vom selben Autor

A Glorious Bastard – The Second Coming

"Hallo, hier ist die Mobilbox von Lysias dem Zerstörer, Widersacher der Götter."

Sechs Monate sind vergangen, seit Lysias dem jungen Halbgott Reon dabei geholfen hat, seine Schwester Rowena aus der Unterwelt zu befreien.

Eigentlich hatte Reon den Mythen, Göttern und Heroen inzwischen abgeschworen - bis eines Abends ein rätselhafter Fremder, der sich selbst als CEO of Hell bezeichnet, auf seiner Couch sitzt und Reon das bevorstehende Ende der Menschheit ankündigt.

Nur zwei Tage bleiben Reon, Lysias und der in die Jahre gekommenen Hellseherin Sieglinde, um den Schlüssel zur Himmelspforte zu finden und das Jüngste Gericht zu verhindern.

Doch ihr Widersacher erscheint unüberwindlich und zum ersten Mal seit Jahrtausenden sieht Lysias sich mit den Konsequenzen seiner eigenen Übeltaten konfrontiert.

Und so beginnt der wahrhaft göttlichen Komödie zweiter Teil.

Erhältlich ab September 2023